3泊4日の恋人

小塚佳哉

講談社X文庫

目次

イラストレーション／沖　麻実也

3nights/4days

「おい、旭！　あそこにいるリーマンが、おまえと話したいってさ」

イヤホンを外して最初の一杯を頼もうとした途端、矢野旭は顔馴染みのバーテンダーに声をかけられ、その顎先で示された方向に目を向ける。

大音量で音楽が流れる地下のバーは、週末でもないのに混雑していた。

店の奥から、こちらを見ているのは地味なスーツの中年男だ。なんだか慣れない様子で手招きをしてくる。旭は笑顔で頷き、気づかれないように肩をすくめた。気が乗らない。こういった客は、だいたい問題があるのだ。

案の定、旭が近づいていくと、ジロジロと値踏みをするように眺め回してくる。

ジップアップのトレーナーとカーゴパンツを着込んだ細身には幼さが抜けなかったが、まっすぐな黒髪と勝ち気そうな瞳が十代の少年らしい旭は、この界隈で売れているほうに入る売り専――コールボーイだ。買う客は年端もいかない少年を好む男が中心で、今夜の一人目はちょっと気にくわないが、旭は怯まない。外したイヤホンをスマートフォンごとポケットにしまい込み、営業用の笑顔で愛想よく訊ねる。

「オレと話したいって？」

「さっそくだが……おまえって男相手に身体を売ってるんだろう？」

身も蓋もない表現に苦笑した旭は、断る時の常套句を吐く。

「悪いけど、今夜はもう予定が入ってて」

「今夜じゃない。明後日の晩、ある男を楽しませてほしい。実は絶対に契約したい大口の取引があって、その交渉相手が……つまり、ゲイでね。可愛い男の子が好きなんだ」

旭は自分を指さし、おどけるように笑うが、男は真剣だった。

「前金で五十万。契約がまとまったら成功報酬として、さらに五十万だ」

金額を聞き、話半分だった旭も目が真剣になる。一晩の代金としては破格だし、当然、警戒心も湧いてくる。すると、男はスーツの胸元から分厚い封筒を出した。

「引き受けてくれるなら前金は今すぐに支払う。金曜日の夜、こっそり宿泊先のホテルに入れるように手引きをする者がいるから、おまえは部屋で待っていて、彼を一晩たっぷり楽しませてくれればいい」

封筒を受け取り、旭は中身を確かめてから口笛を吹き、男に訊ねる。

「アンタ、名前は？」

「……金山商事の営業一課、溝口だ」

そして、金曜日の夜――ホテルのボーイに手引きされた旭が案内された部屋に入ると、大きな窓には息を呑むような東京の夜景が広がっていた。

さすがは都心にある最高級ホテル、その豪華なスイートルームは見晴らしがいい。

いつもはチープなラブホテルを使っているだけに、旭はしばらく窓一面に広がる夜景に見とれてしまった。

「いや、待てよ……オレが夜景を眺めてどーすんだよ」

我に返った旭は舌打ちすると、放り投げるように服を脱ぐ。

広いバスルームでシャワーを浴び、バスローブを勝手に拝借し、持参したミニボトルを開く。きついオレンジの匂いが鼻につくが、このラブオイルの効き目は抜群だ。催淫性もあるので気の向かない相手でも一晩、めいっぱい楽しませてやれる。

旭は身体を屈めると、慣れた手つきで準備を済ませて、両脚の奥にオイルを塗り込む。女と違う身体は自然には濡れてこない。先に用意しておくのは当たり前だ。

売り専を始めて、そろそろ一年――多少は整っている程度の外見とか、線の細い身体が締まりがいいとか感度がいいぐらいでは、たいした金は稼げない。金をもらうからには、もらった分は相手を楽しませると、旭は旭なりにプロに徹している。

しかも、今夜の客はいつもと違う。すでに破格の前金をもらっているのだ。

それを思い出すと、旭は浮かれた鼻歌混じりに寝室に戻った。

ラブオイルの効き目があらわれるまで相手が部屋に戻ってこなければいいと思ったが、ピピッ、とカードキーが作動する音とともに、ドアの開く音が聞こえた。

旭はあわてて表情を引きしめる。

今夜の客は顔も知らないので、少々緊張してしまう。

若い男の子をベッドに侍らせるなんて接待を受けるのは間違いなくエロ親父だろうが、腹の出た関取系だけは重いから勘弁してほしいと願いつつ、寝室のドアの隙間から様子を窺う。だが、そこには想像をはるかに超えた人物が立っていた。

うっかり目が合って、旭は硬直してしまう。

「あ、あのー……ええっと、その、は、はろー？　はわゆー？」

ななな、なんと！

ドアを開けようとしていたのは、やたらと背の高い金髪のガイジンだったのだ！

人形みたいな薄茶色の瞳が驚愕した表情のまま、旭を見下ろしている。

いかにも仕立てのいいスーツを着込んだ若い紳士で、彫りが深くて品のいい顔立ちの、なかなかのハンサムだ。こんなに若いくせに大きな契約をまかされているなら、金持ちのボンボンなのかもしれない。

「い、いや、ガイジンだろーが、ボンボンだろーが、やることに変わりはないッ！」

我に返った旭が気合を入れ直すと、呆然としていた彼も口を開いた。

「きみは……どうして、ここに？」

「……あ、あれれ？　アンタ、日本語できるの？」

「ああ。もう一度、質問してもいいかな？　ここはきみの泊まっている部屋かい？　僕が部屋を間違えたのかな？」

　金髪の外国人の口から出ると違和感があるほど流暢で丁寧な日本語に、あわてて旭は首を振った。

「ううん、違う。オレ、ある人から今晩、アンタと寝てくれって頼まれたんだ」

「……頼まれた？」

「うん」

「誰から？」

「それは、まだ言えない。オレがアンタに気に入ってもらえたら教える」

　そう答えると、彼は形のいい顎に手を当てながら、あらためて問いかけてきた。

「だったら質問を変えよう。どうして、きみと寝ろと？」

「今度の契約がうまくいくように、アンタに一晩、ベッドでサービスしろって」

「……ベッドでサービス？」

　うん、と頷いた旭は首を傾げる長身の腕を引きながら寝室に引き込み、キングサイズのベッドの端に座らせた。ネクタイを緩めつつ、スーツのジャケットを脱がそうとするが、彼はあわてて旭の手をつかむ。

「待ってくれ！」

「何を困ってるの？　アンタ、ゲイなんだろう？」

「いや、違う」

「……へ？」

「僕はゲイではないし、日本支社を新設するにあたって提携する企業との契約にしても、こんなことで決めるつもりはない」

　そう告げると彼はジャケットを直して、目を丸くする旭に苦笑を向けた。

「おそらく、日本進出のプロジェクトを進めていた前任者と間違ったようだね」

「……前任者？」

「ああ。僕の前任者は先日、贈収賄とゲイ・スキャンダルで左遷された」

「う、うそだろッ！」

　思わず、叫んでしまった旭はベッドの下にズルズルと座り込む。

「こいつと寝て、契約がまとまったら、さらに成功報酬で五十万もらえたのに……前金は定期預金にしちゃったし、返すなら解約しないと」

　茫然自失したまま、旭は無意識に呟いた。後悔しても始まらないが、大きく舌打ちして自分自身に悪態をつく。

「くそっ！　しっかりしろよ、旭！　オレは誰にも頼れないんだから！」

「……きみの名前は、アサヒというのか？」

急に独り言に口を挟まれ、名前を呼ばれた旭はキョトンとしながらも頷いた。

「日が昇る、朝日?」

「うん。漢字は九に日って書くほう」

「キュウニヒ?」

すぐさま思い浮かばないらしい彼の手首をつかむと、旭は大きな手のひらにゆっくりと指先で〈旭〉の文字を書いてやる。すると、ようやく理解したのか、にこやかに微笑んだ彼に、旭は呆れたように肩をすくめる。日本語が流暢に話せる上に漢字までわかるとは、おかしなガイジンだ。けれど、そこまで考えてから、不意にひらめいた。

「ねえ、アンタの名前は?」

「フランツ」

「フランツさんッ!」

「フランツでかまわないよ」

「じゃ、フランツ! アンタ、男はダメ? まったくダメ?」

旭が大真面目に訊ねても、フランツと名乗ったガイジンは怪訝な顔になる。

「だからさ、もう成功報酬はあきらめたけど、オレ、もらった前金分のことは、ちゃんとやりたいんだ。でなきゃ、やっぱり金は返さなきゃならないし……」

「相手の失態だ。返さなければいい」

「ダメだよ、そんなの。頼まれたことができなかったら、やっぱり返さなきゃ……でも、オレは返したくないんだ」

「ああ、定期預金を解約したくないからだね」

からかうように揚げ足を取られて、すっかり独り言を聞かれてしまったとわかった旭は悪びれずに舌を出した。

「そうだよ、オレみたいなガキが身体を張って金を貯めてるんだ。アンタも少しくらいは協力したいって思ってくれるだろう?」

旭は意地でも同意を得ようと困惑するフランツを押し倒して長身の上に跨がり、手早くネクタイを引き抜き、シャツの襟を開いていく。

「……ま、待ってくれ」

「どうして? 男相手は初めて? だったら教えてあげるよ」

ベルトを外そうとしていた手を押さえられ、旭は愛らしく首を傾げる。

だが、その返事はまったく聞き取れず、どうやら混乱しているせいで日本語ではなく、母国語に戻ってしまったようだ。立派な大人が強引に迫られ、動揺している姿はなんだか憎めない。おかしくなってきた旭は笑いながら訊ねた。

「ねえ、浮気を責めるような恋人はいる?」

「……い、いや、今は」

「だったら、いいじゃん？　オレ、アンタが気持ちよくなれるように頑張るから」

そう言いながら、旭は肩からバスローブを滑り落とす。

「なあ、頼むよ。今夜、アンタとセックスすれば、オレは五十万を返さなくても済むし、先に準備して待ってたから、もう……」

旭は大きな手をつかんで引き寄せると、自分の両脚の間に誘うように導いた。そこは、たっぷり塗り込んだラブオイルに濡れ、ヒクヒクと震えていた。

「ほら……触ってみてよ、もう変になりそうなんだ。オレを助けると思って」

甘えるように囁き、互いの顔を近づけると口唇を重ねた。

何度も押し当てながら、息を継ぐ間に舌先を滑り込ませていく。

なめらかな口唇の感触を味わい、困り果てているような表情をクスクスと笑いながら、根気よく誘い続けると、ついにあきらめたのか、力強い腕が背中に回されてくる。

（……やったー！）

フランツがその気になったと感じて、旭は心の中でバンザイをする。

試しに舌を絡めるようなキスをすると、ちゃんと応えてくれたので拍手喝采の気分だ。めちゃくちゃ嬉しかったので、頬や耳元にキスを繰り返すと、次第に汗ばんできた金髪の生え際から、ふんわりと甘い香りが漂ってくる。

何の匂いだろう、と思っていると優しい声が囁いた。

「……キス、上手だね」

「キスだけじゃないよ？　こっちの具合もちゃんと確かめてよ、アンタのコレで……」

そう囁き、相手の股間に手を伸ばし、ギョッとした旭は凍りつく。

下着の上から、なぞるように確かめたものは、長身で体格がいいせいか、とんでもなく巨大だったのだ！　まだ興奮しきっていない状態でこんなに大きいというなら、本番ではどれほど大きくなってしまうのか——引きしまった筋肉のついた長身に抱きついたまま、旭は目まいがするような気分になった。

（だ、だって……入るのかよ、こんなのッ！）

まぶしさを感じて、旭は呻きながら寝返りを打った。

寝起きは悪いほうじゃない。両親がいた頃、朝は起こされなくても目が覚めた。

最近は太陽の運行に逆らう夜型生活を送っているので、目覚まし時計の力を借りないと起きられないだけだ。ファーストフードやコンビニのバイトに加えて、週の半分ぐらいは男を買う客がいるバーに行って、一晩に何人かの客を取る。

ワンプレイは二時間程度、それで三万。三人頑張れば、一晩で九万だ。

銀行口座の預金は一年で四百万に近づいたが、まだまだ足りない。自分で稼いで大学に入るためには、もっと必要だ。勉強だって足りなかった。そもそも旭は中卒だし、まずは高認とか高卒認定試験と呼ぶ高等学校卒業程度認定試験に受からなければならない。

高校中退の知人に教科書や参考書をもらったり、予備校の講師だというバーの常連客に勉強を見てもらっても全然足りない。どれだけ足りないのか、それが知りたかったから、迷いに迷った末に予備校の高卒認定試験コースの申し込みをしてしまったが、成功報酬も当てにしていたし、懐具合に余裕はない。

（……うまい話には落とし穴があるってホントだな）

そんなことを寝ぼけながら考えた時、そっと髪を撫でられた。

目を開けると、朝の日射しを浴びてキラキラと輝くような金髪と、自分の顔を覗き込む薄茶色の瞳が見えて、旭は一気に目が覚めた。

「あっ、あの、オ、オレ……！」

「おはよう、アサヒ」

「……お、おはよ、う、ございます」

すっかり身支度を整えたフランツは、真っ白なワイシャツにワインレッドのネクタイを合わせていた。いかにも有能そうなエリート・ビジネスマンは、ベッドの上で固まる旭に何事もなかったように微笑みかけてくる。

「朝食が届いたから、シャワーを使ってから来るといい」

旭がシーツにくるまったままで口ごもっていると、冷めないうちにおいで、と言って、足早に寝室を出ていく。だが、旭は両手で頭を掻きむしった。

「……やっべーよ、オレ、もしかして途中で寝落ち？」

あわてて昨夜の記憶を手繰り寄せると、どんどん血の気が引いていく。

楽しませなきゃいけない客がゲイじゃないとわかって、それでも金を返したくなくて、とにかくセックスして、自分の仕事だけはちゃんと済ませようと思ったのだ。

しかし、できなかった――そう、できなかったのだ！

赤面モノの大失態だ。旭から強引に誘って押し倒したにもかかわらず、勃起したものがあまりにも大きくて、どうしても自分の中に入れられなかったのだ！

（……だって、あんなにデカくなるって思わなかったんだもん）

避妊具をつけた時にも、本気で破れるんじゃないかと心配になった。商売道具だから、いつでも各サイズを取り混ぜて常備しているが、これを使う日が本当にやってくるのかと疑っていた特大XLサイズを初めて使ったほどだ。

ただ、旭に根負けしただけのフランツは、挿入にこだわらず、手や口の愛撫で充分だと言ってくれたが、同じ男だからこそ、突っ込んだほうが気持ちがいいと知っているので、引き下がるわけにもいかない。

だが、どんなに入れようとしても、オイルで濡れているはずの窄まりは怯えて、巨大な性器の先端すら受け入れてくれなかった。

不甲斐ない自分が悔しくて、涙目になった旭が意地になっていると、少し休もうか、とフランツは優しく抱きしめてくれた。その包み込むような腕が温かくて、気持ちよくて、自分からも抱きついて——そこで記憶は途切れている。

旭は途方に暮れるしかない。セックスの相手に困らないようなイケメン外国人を強引に誘い、気持ちよくしてやると豪語したくせに、ちゃんと満足させることもできず、途中で寝落ちしてしまったのだ。一生の不覚だ。

ともかく急いでシャワーを浴びて、自前のVネックのニットと洗いざらしのジーンズを着込んで寝室から出た。ダイニングルームではテーブルについたフランツが新聞を開き、旭に気づくと向かい側の椅子を示してくれた。

「飲み物は？」

「……え、えーっと」

旭が口ごもりながら目を向けると、テーブルには花が飾られ、ルームサービスの朝食の用意が整えられていた。バスケットにはパンが盛られ、ドーム形の保温カバーに覆われた皿に、コーヒーポットやジュースのピッチャーも並んでいる。

「Coffee、Milk……あと、Orange Juice があるけど？」

「……じゃあ、オレンジジュース」

　旭がおずおずと答えるとフランツは頷き、用意されていたグラスにオレンジジュースを注いでくれる。そのグラスを礼を言いながら受け取り、旭はさっきの発音を思い出す。

（コーヒーじゃなくて、カッフィーだし、オレンジじゃなくて、オゥランジュかよ）

　丁寧な日本語は上手だが、カタカナの発音が横文字のままなのだ。オレンジジュースを飲みながら苦笑した旭は、ふとフランツの読む新聞が日本のものだと気づいた。

「新聞も読めるの？」

「読めるよ。日本語は英語よりも先に覚えたし」

「……英語より？　それじゃ、英語の国の人じゃないの？」

「ああ、国籍はドイツだ。僕の育ったあたりは国境も近かったし、子供の頃はドイツ語とフランス語やオランダ語が混じっていたよ」

「……すごいね、日本語も上手だし」

　そんな話を聞き、旭は目を丸くする。島国育ちには想像もできない話だ。

「アサヒだって上手じゃないか」

「え？」

「日本語」

　キョトンとした瞬間、フランツからウインクされ、旭は赤くなった。

からかわれたと気づいて言い返したくても、フランツはにこやかに微笑みながら新聞を置き、テーブルに並んだ料理を勧めてくる。

「冷めないうちに食べよう。僕と同じものを頼んだけど、だいじょうぶかな？」

憮然としながらも頷き、目の前にある保温カバーを外した旭は、スクランブルエッグにソーセージやハッシュポテトのおいしそうな匂いを嗅いだ途端、ものすごい空腹を感じ、野生児さながらの勢いで平らげた。

「ごちそうさま！　めちゃくちゃうまかった！　オレ、こんな朝メシ、初めて食ったよ。こんなにうまいパンも！」

パリパリで香ばしいクロワッサンを一人で食べてしまった旭が満面の笑みで告げると、喜んでくれてよかった、とフランツも笑ってくれたが、ふと我に返って思い出す。本当は食事をする前に、ちゃんと言わなければいけないことがあったのだ。

「あ、あのー、ええっと……昨日は、本当にごめんなさい。オレ……そ、その、ちゃんとできなかったくせに、途中で寝ちゃったりして」

自分から誘ったのに、ちゃんとできなかったことが悔しくて、うつむいたままで口唇を嚙みしめる旭に、フランツは励ますように声をかけた。

「気にしなくていいよ」

「……だ、だけど！」

「いや、確かに驚いたけど……昨日はあれでも、なかなか楽しかったし」

落ち込んでいる旭に気を遣ったのか、フランツは照れたように頰を染めつつ、それでも優しい声で言ってくれた。だが、それでは旭の気が済まないのだ。

「ねえ、いつまで日本にいるの？」

「あと三日の予定だ」

「だったら、今夜も来ていい？　ちゃんと準備して、後ろに入るようにするから」

「……あ、あの、アサヒ？」

フランツは突拍子もない言葉に驚くが、旭は一方的に宣言する。

「オレは嫌なんだよ、中途半端な仕事は！　オレだって男だから！　単に舐めてもらって出すよりも、狭いトコに突っ込むほうが、ずっといいって知ってるんだから！　だから、あんなんじゃダメだ！」

朝からとんでもない話を振られ、フランツは面食らっているが、旭は自分自身の名誉を回復することしか頭になかった。身も蓋もないことを言うたび、どんどんフランツの顔が赤くなるが、旭は気にせずにまくし立てる。

「オレ、ちゃんと突っ込んで、それで楽しんでほしいんだよ！　ヘタな女よりも、ずっといいって言ってくれる人もいるし、オレは若くって狭いし、締まりだっていいんだから、フランツだって……」

「お願いだ。ちょっと待ってくれ、アサヒ。そんな義務感だけでするセックスが、本当にいいと思えるものかな？」

あられもない言葉を遮ると、フランツは冷静に指摘した。

そう言われ、旭も言葉に詰まる。そうなのかな、と考え込んでしまった旭は年齢相応の幼い顔になっていて、フランツが微笑むと、さらに拗ねた表情になった。

「オレのこと、バカにしてる？」

「とんでもない。責任感が強くて、とても信頼できると思っている……だから、よければ僕からの提案も聞いてもらえないかな？」

旭が問い返すように首を傾げると、フランツは改まった口調で続けた。

「僕は今回の日本滞在中、どうしても訪ねたい場所があるんだ。住所しかわからないが、急に出張が決まって、ちゃんと調べる時間もなくて、滅多な人に頼めることでもないから実は困っていて……よかったら、それをアサヒが調べてくれないだろうか？」

「調べる？　オレが？」

「ああ。それと予定が詰まっていて、場所を確認してもらっても、僕の都合がつかないと出かけられないんだ。だから時間が空いたら、すぐ一緒に行けるように、アサヒもここで待機してもらいたいから、ガイド代と拘束費で五十万を支払う」

「……え？」

「成功報酬分だよね？」

目を丸くする旭に、フランツがいたずらっぽくウインクを投げる。

「それから、僕だってアサヒをとても可愛いと思っているし、昨日の夜はあれでも充分に楽しかったよ。だから一緒にいる間、また昨夜のような気分になれば……そうなったら、あらためて二人で検討しないか？」

そんな提案をされ、旭はしばらく考え込んだ後で、おずおずと頷いた。

悪い話じゃない。断る理由も見当たらなかった。

「商談成立なら握手をしよう。そういえば、ちゃんとした自己紹介もしていなかったね。僕はカール・フランツ・ベルガー」

フランツはにっこりと微笑み、大きな手を差し出した。

旭もあわてて自分の手を差し出しながら答えた。

「オレ、旭……矢野旭」

「じゃあ、アサヒ、あらためてよろしく」

「こ、こちらこそ……よろしく」

フランツは握手した手を離すと、椅子の背もたれにかけてあるジャケットから色褪(いろあ)せた古いお守り袋を出した。

その中から黄ばんだ紙片を大切そうに取り出し、旭の手のひらに載せる。

小さく折り畳んでいたせいで、四隅がボロボロになった紙片に書いてある小さな字は、すっかり薄れてしまって判別がつきにくい。

旭が目を凝らして読もうとすると、フランツが言った。

「これが、その住所なんだ。預けるから失くさないように頼む」

「……大事なもん？」

「僕にとっては」

そう答えるフランツの顔はなんだか寂しそうで、それ以上、旭が訊ねることができない雰囲気が漂っていた。

ともかく、いいように丸め込まれたような気がしないでもなかったが、旭はフランツの提案に乗ることに決めたのだ。

その後、すぐにスイートルームのドアチャイムが鳴り、滞在中の部下だというスーツの青年と巻き毛の美人秘書があらわれたが、フランツは何もなかったような顔で如才なく、旭を知人の息子だと紹介して済ませてしまった。

ジャケットを羽織るフランツに、こっそりと旭は囁く。

「うまくごまかしたね」

「日本では、嘘は能弁というんだろう？」

「それを言うなら、嘘も方便だよ」

茶目っ気たっぷりにウインクを投げられたが、旭はあわてて訂正する。

あれ、おかしいな、とフランツは首を傾げていたが、会議に遅れると部下から促され、急いで出かけていった。

だが、すぐに美人秘書がホテルのボーイを連れて戻ってきた。

ベルガー氏から頼まれたの、と微笑んだ彼女は、スイートルームのカードキーと一緒にフランツに預かったという封筒を差し出す。

「それから、今夜、このホテルで我が社のパーティーがあるから出席してほしいそうよ。そのための着替えも用意させるので、サイズを確認させてちょうだい」

待ち合わせは午後六時半に下のロビーですって、と告げると忙しそうな彼女は来た時と同じように急いで出ていって、ホテルのボーイも手際よく旭を採寸すると下がっていく。着替えはあらためて部屋まで届けてくれるらしい。

一人になってから、旭はカードキーと一緒にもらった封筒を開いて苦笑する。

封筒の中には、小切手が一枚——額面は五十万円。

「……いいのかな?」

そう独りごち、旭は困惑する。

とんでもない大失態をかましたわりには棚ボタ的なラッキーだったが、おいしい話には必ず落とし穴があると身をもって実感したばかりだ。喜んでばかりもいられない。

　ともかく、この週末にバイトのシフトを入れなくてよかったと思いながら、旭は好きに使ってもかまわないと許可をもらったスイートルームを見物する。眺めのいいリビングやダイニングルームに、十人くらいで会議ができそうなミーティングルームを気が済むまで探検してから、あらためて預かった古い紙片を引っぱり出す。

　かすれた小さな文字は、達筆すぎて読みづらかったが、それでもじっと目を凝らすと、観音崎（かんのんざき）と読めないこともない部分がある。確かに、これは地名や番地のようだ。

「さっそく調べてみるか」

　そう独りごち、旭はスマートフォンを取り出すと仕事に取りかかった。

　午後六時半。週末のホテルのロビーはにぎやかだ。

　都心の最高級ホテルに似合いの、華やかな人々が行き交っている。

　その中で、地味なスーツの人の群れから、頭ひとつ分は飛び出している明るい金髪が、旭を見つけると微笑んで手を挙げた。

「待たせたかな？」

「ううん、平気。オレも今、下りてきたから」

そう答えながら旭も駆け寄った。

ネズミ色のスーツに混じると、フランツのペールグレーのスーツは洗練されている。ロビーですれ違う人々が、いちいち振り返るほど目立っていた。

これでも一応、百七十センチはある旭が見上げるほどの長身は、一緒に並ぶとやたらと自分が子供に見えるのが悔しい。せっかく用意してもらったポール・スミスのかっこいい赤茶色のスーツまで七五三に見えてしまいそうだと残念に思っていると、フランツが旭を見下ろして微笑む。

「スーツも似合うね、アサヒ」

「そっかな？　というか、着替えまでありがとう」

「これでも雇用主だからね。着替えくらいは支給するよ」

旭が照れながら服を用意してもらった礼を言っても、フランツは当たり前だという顔でウインクしてくれる。本当においしい仕事だと独りごちると、旭はもともとの頼まれ事も思い出した。

「そうだ、フランツ、あのメモ……」

「あとで部屋で話そう」

フランツは声をひそめて、さりげなく口唇の前に人差し指を立てる。

どうやら、部下や仕事関係の人がいるところでは話さないほうがいいらしい。

「つまらないパーティーだと思うけど、こういった形式も時には大切なんだ。アサヒは、好きなものを食べて、楽しんでいってくれればいいよ」

「……それだけ？」

「ああ、特に用はないんだ」

ずっと調べ物をしたり、部屋で待機しているだけじゃ退屈だろう、というフランツは、どうやら気を遣ってくれたらしい。

大きなバンケットルームを借り切ったパーティーは盛況で、ドイツの本社から来ているフランツはスーツのオヤジに囲まれ、挨拶ばかりで大変そうだ。それを眺めつつ、気楽な旭は滅多に来ることもないホテルの料理を堪能していたが、しかし――。

「……おい、待てよ」

突然、背後からかけられた声に、ギクリとする。

オマール海老のローストにかぶりついたままで振り向いたら、そこには昨夜の依頼主が怖い顔で立ちふさがっていた。

「あっ……！」

「おまえ、こんなところで何をしてるんだ！」

「ええっと……こ、こんばんは」

旭は大きな海老を両手で持ったまま、強引に壁際に引きずられていく。

引きつった笑顔で様子を窺うが、依頼主の顔は険しい。確か、溝口という名の中年男は疲労の色が濃かった。大きな商談をまとめるべく日夜奔走しているのだろうが、ベッドにセックスの相手を送り込むほど追いつめられていたら、ストレスも溜まるだろう。

しかも、こんなところにどうして売り専の小僧がいるのか、と訝しんでいるようだが、それは当然の疑問でもあった。ただ、フランツがゲイじゃなかったことや、あんな接待で契約は結ばないと断言していたと伝えるべきだろうか？

もらった金の分だけ、ちゃんと働いた自信もないから迷ってしまう。事実を話したら、それこそ即刻、金を返せと言われかねない。

「おい？　どうして、おまえがここにいるんだ？」

痺れを切らしたように問い詰められ、旭は事実だけを適当に端折って説明する。

「それは……あ、あの人がオレを気に入って、あらためて雇ってくれて」

「気に入ったのか！」

「う、うん」

気に入られたと聞いた途端、溝口は安堵したように息を吐いた。

「そうか、よくやった！　契約にこぎつけたら、ちゃんと成功報酬も渡すからな」

そう言いながら機嫌よく旭の肩を叩くと、溝口は知り合いでもなんでもないという顔でそそくさと離れていく。

（……そういうワケじゃないんだけど）

海老の残りを平らげながら、旭は肩をすくめる。

近くのテーブルに食べ終わった残骸を置き、気が利くボーイにもらったおしぼりで手を拭いていると、向かい側から、やたらと目立つ金髪の長身が近づいてきた。

「すごい顔で海老にかぶりついてたね」

ようやく挨拶も一段落ついたのか、フランツが微笑みかけてくる。

大口を開けて海老にかぶりついていたところを見られ、旭はペロリと舌を出す。

「めっちゃうまかったけど、あんなの初めてで、食い方わかんなくって」

「ああ、それで人に訊いていたのか」

「……え？」

「さっき、奥のほうで誰かと話していたよね？」

不意打ちを食らい、ギクリとした旭が見上げると、フランツは笑顔で首を傾げる。

依頼主に見つかって問い詰められていたところを見られていたと知って、あわてて旭はごまかした。

「あっ、ああ、そうなんだ……シッポも食べられるって、教えてもらったんだ」

必死になって言い訳をしつつ、旭は迷うばかりだ。

自分を送り込んだ依頼主の名前を、フランツには教えていない。

セックスをした後で気に入られたら金山商事の名を出せ、と言われていた。

だが、フランツはそんな接待で契約に便宜を図るつもりはないと断言していたし、逆に依頼主がわかったら、そことは絶対に契約しないと言いそうだ。旭も金をもらった以上、多少の義理がある。不利になるとわかっているのに教える気にはなれなかった。

旭としては、できるなら公平に選考した上で、金山商事に契約が決まってくれるのが、もっとも有り難い。そうなれば、金を返さないで済むだけでなく、溝口からは成功報酬、フランツからはガイド代、どちらも手に入るのだ。

せこい金勘定をする旭に気づかず、フランツは笑顔で奥を示した。

「向こうに、ローストビーフがあるよ？」

「……ローストビーフ？」

「知らない？」

「うん。高そうなもんは食ったことないし」

話が逸れてくれたことに安心した旭は、フランツの後を無邪気についていく。

「前に一度、奢りで回らない寿司を食った時には感動したけど」

「寿司は日本の料理なのに？」

「うん。ちゃんとした日本の料理ほど滅多に食べないよ」

フランツに訊かれ、旭は明るく笑い飛ばす。

目の前で、やわらかそうな大きい肉の塊をスライスしてもらい、ソースをかけて食べるローストビーフに旭は目を丸くして喜び、舌鼓を打った。

「うっまーい！」

「それじゃ僕も明日、アサヒに何か、おいしいものをごちそうすることにしよう」

「マジ？」

「ああ。明日の昼間なら、なんとか都合がつきそうだ」

「……嬉しいけど、そんなにオレに気を遣わなくてもいいよ？」

「でも、今はアサヒの雇用主だからね」

そう言いながら微笑み、ウインクをされると、旭は困ってしまう。

依頼主について、フランツに話したほうがいいのだろうか？

教えなければいけない義務はない。しかし、複雑な板挟みの気分だ。正々堂々と契約に臨まず、姑息な接待を企んだ溝口は卑怯だと思うが、こんな悪企みがなかったら、旭がフランツと出会うこともなかっただろう。

フランツは、これまでの旭の客にはいないタイプだ。少なくともバーで旭を買う客は、お互いにそういう気分になったら、とは絶対に言わない。

（……まあ、当然だよな。そういう気分だから、オレを買うんだし）

そう独りごち、旭は自嘲気味に溜息をつく。

もともと、ゲイでもないフランツに、旭から強引に迫ったのだ。それでも滅多な相手に頼めないようなことを頼んでくれたのだから、その信頼には応えたい。言えないことや、言わないことも多いが、優しく気遣ってもらって嬉しかったのは事実だ。

(できる限りのことをしよう、オレなりに)

もらった金額分だけじゃなくて、優しくしてもらったお礼に。

そう決めると、旭の心はちょっとだけ軽くなった。

パーティーが終わると、二次会もあったらしいが、挨拶ばかりで気疲れしたフランツは顔を出しただけで、さっさと旭を先に帰したスイートルームに戻ってきた。

「ねえ、フランツ！　メモの話なんだけど……」

スーツのジャケットを脱ぎながら寝室に消えた背中に向かって叫ぶと、バスルームから返事が聞こえてくる。

「シャワーを浴びてから聞くよ」

「……えっ！　だったら一緒に入ろうよ！　オレ、ソーププしてやるから！」

追いかけた旭が背後から飛びつくと、フランツは目を丸くした。

けっこう上手だよ、オレ、と自慢する旭に対して首を傾げる顔には、〈石鹸する〉とはどんな意味なのか、日本語の知識を総動員するような困惑が浮かんでいた。

意味が通じていないと気づいた旭は、もう大爆笑だ。

さっさと服を脱ぎ捨てると後ずさるフランツの服も強引に引き剥がし、泡だらけにしたバスタブに引きずり込んだ。けれど、ソープ嬢直伝のプレイを披露しようとするたびに、フランツが照れてしまい、普通に洗うだけになってしまったのは残念だった。

それでも、引きしまった筋肉がついた腕や胸元に泡だらけの手のひらを滑らせながら、旭はさっそく報告を始めた。

「……それで、あれってやっぱり、すごく古い住所だったみたいだよ。市町村の合併とか町名変更があったせいで、ネットの検索でもちっともわからなくってさ」

実は、調べてみたら予想以上に苦戦したのだ。

インターネットで検索してもわからないし、旭は結局、四方八方に直接、電話をかけて問い合わせなければならなかった。

「んで、最終的に郷土資料課ってトコで、横須賀の先、観音崎に近いところに、まったく同じ住所じゃないけど、ここだろうって場所を教えてもらったんだけど……」

そこまで話してから口ごもると、フランツは話の先を促すように背後から回されていた旭の腕を優しく叩いた。

「それで？」

「ええっとね……あの住所、お寺らしいよ？」

「オテラ……ああ、der Tempelか。神社仏閣の寺院だったんだね？」

「……うん。そうなんだけど、お寺でよかったの？」

「ああ、調べてくれてありがとう、アサヒ。明日はそこに案内してもらうことになるけど平気かな？」

「オレは平気だけど」

フランツがなんだか寂しそうで気になるが、旭は訊ねづらくて泡まみれになった両手を広い胸元に回してしがみつく。

「……ねえ、フランツ、セックスしようよ？」

「ここで？」

肩の上に顎を乗せながら、ねだるように囁くと、フランツは苦笑を浮かべる。

「ここで」

「無理しなくていいよ」

「無理じゃないよ」

湿った金髪に鼻先を埋めれば、甘やかで優雅な香りが漂ってきた。

「だって、なんか元気ないんだもん」

そう囁きながら首筋や耳朶に口唇を這わせるうちに、力強い腕に引き寄せられた旭は、フランツと向かい合った。泡まみれの身体に手を滑らせながらキスを繰り返し、膝の上に乗せてもらって、おそるおそる股間に手を伸ばしてみると、ちゃんと反応しているものに嬉しくなった。大きさは怖いが、愛撫に反応していると知るのは嬉しい。

「……ねえ、オレのも触って」

甘えるように誘い、旭は大きな手のひらを両脚の間に導く。

フランツは泡でぬめる太腿の内側を撫でながら、固くなった旭自身を探ってくれる。

少しでも早く繋がりたくて、自分からフランツの手首をつかんで両脚の奥に誘ったが、窄まりに指先が沈んでくるだけで背筋が震えてしまう。

「あっ」

「アサヒ?」

「……ん、んんっ!」

名前を呼んでもらっても、旭は喘ぐばかりで何も答えられなかった。

ラブオイルとか、何も使っていないのに、やたらと感じやすくなっていた。

自分が感じさせるつもりだった旭は戸惑うばかりだ。

しかも、フランツのものに触れると、それはさっきよりもいっそう力を増して、淫らな興奮を知って嬉しくなる気持ちと同時に、大きさへの不安も甦ってくる。

初めて客を取った時――バック・ヴァージンを失った時だって、こんな戸惑いや恐怖は感じなかったような気がする。欲しい、けれども怖い。いや、欲しくてたまらないのに、それでも怖いのだ。

「……フ、フランツ、オレ」

「だいじょうぶ、無理にしないから」

泡まみれになった素肌が緊張を示したことに気づいたのか、フランツはなだめるように旭の顔中にキスを繰り返すと、恐怖と背中合わせの快楽に震える耳元に囁く。

「アサヒ、手を貸して」

「……んんっ」

重ね合わせた手に引き寄せられて、互いのものを一緒につかむ。

そそり立つように天を向いていた互いの欲望を、グリグリと擦りつけるように扱かれ、それだけで頭の中が真っ白になってしまう。

「あっ……はぁっ、んんっ」

気づけば、フランツの片手は、旭の胸の突起を焦らすように嬲っていた。

つんと凝った先をつまみ上げられ、押しつぶすようにいじられると全身が震える。

両手を重ねたまま、はち切れそうになった互いの欲望を擦りつけるように動かすのも、たまらなく気持ちがよかった。

「あっ……い、いいっ！　も、もう……ダ、メ、出ちゃう、よ」

せわしなく喘ぐばかりの旭は、胸の突起を弾くように爪を立てられるだけで、切なげな声を上げた。あっという間に音を上げた旭を抱きしめながら、フランツは互いの興奮した欲望をまとめてつかんで擦り続ける。

旭は我慢もできず、甘い絶叫を上げて弾け飛んでいた。

気づけば、フランツもドクドクと脈打つように、旭の手のひらで達している。

一緒に達した後でも、すっかり脱力した旭をフランツはしっかりと抱きしめてくれて、それだけでも胸が熱くなるような、初めて知る歓びだった。

余韻に朦朧とする旭をフランツは軽々と抱き上げると、バスタオルに包み込んで寝室に連れていき、ベッドに下ろしてくれた。

けれど、いまだに旭は、くらくらと目が回るような気分だ。

触り合うだけなのに、ものすごい快感だった。

（もしかすると……フランツってば、うまいのかも）

そんなことをぼんやりと考えるうちに、バスローブを羽織ったフランツが戻ってきて、ミネラルウォーターのボトルと缶ビールを見せながら笑顔で訊ねた。

「どっちがいい？」

「……ビール」

「日本では未成年の飲酒は禁じられているよね？」

そう笑いながら旭の枕元(まくらもと)に腰を下ろし、ビールの味がするキスをしてくれた。

今も身体の芯(しん)が熱を持って落ちつかない旭の隣で、フランツはごくごくと喉(のど)を鳴らしてビールを飲んでいる。

「日本のビールも悪くないかな」

「……ふうん？　やっぱり自分の国のほうがいい？」

旭が問いかけると、そうだね、と茶目っ気たっぷりのウインクが返ってきた。

思えば、フランツはドイツ人だし、ドイツのビールは有名だったことに気づいた。

あらためて遠い国から来た人なんだと思い出すと、さっきまで重ね合っていた身体まで遠くに感じてしまい、寂しくなった旭は甘えるようにねだった。

「ねえ、オレにも、もっと」

「もう全部、飲んじゃったよ」

「えー、ずるーいっ！」

旭は文句を言うと、じゃれて甘えるように腕を伸ばし、バスローブの背中をポカポカと叩いた。すると、フランツが笑顔で謝りながら胸元に抱き寄せてくれる。そのぬくもりを感じているだけで、さっきまでの甘い余韻が甦って、ジィンと身体の奥が淫らに疼(うず)いて、旭は独り言のように呟いた。

「……すっげえ気持ちよかった、オレ」

「僕もだよ」

「だったら嬉しいけど……上手だね、フランツ。あんなこと、どこで覚えたの？」

旭の素朴な疑問に、フランツは苦笑する。

「全寮制の学校にいた頃、まあ、つき合いで自然に」

どことなく照れているような横顔にクスクスと笑ってしまうと、フランツも旭の黒髪の手触りを楽しむように撫でながら微笑みかけてくる。

「入れることにこだわらなくても、気持ちがいいってわかってくれた？」

「うーん、どうかなあ……触りっこだけで、あんなに気持ちがいいんだし、オレん中に入ってきたら、もっとすごそうじゃん？」

少し考えた旭は、そう答えた。

優しくされ、気持ちよくなっても、それは旭の知るセックスとは違う。

今まで金をもらって客に提供してきたのは、もっと即物的なセックスだった。それしか知らないせいか、自分が気持ちいいばかりの行為では、どうしても不安になってしまう。

頑固に言い張る旭に、フランツは苦笑しながら隣に滑り込んだ。

けれど、そっと抱き寄せられ、旭は抵抗する。

「ダメだよ。フランツに抱っこしてもらうと、オレ、気持ちよくて寝ちゃうから」

「いいよ、寝てしまっても」

「やだ、もっと続きをしようよ」

アサヒは仕事熱心だね、と苦笑しながら湿った黒髪を撫でていたフランツは、しばらくためらった後で口を開いた。

「……アサヒ、質問してもいいだろうか？」

「んー？」

「どうして、アサヒはセックスを仕事にしているんだ？」

フランツはどことなく遠慮がちに訊き、自分でもプライバシーに踏み込むような質問に抵抗を感じているようだったが、当の旭はあっけらかんと答えた。

「どうしてって、お金が欲しいからだよ」

風俗は割りがいいからさ、というストレートすぎる返事にフランツは顔をしかめるが、旭はいつも客から訊かれた時と同じように答えた。

「オレ、天涯孤独なんだよ。だから、自分で自分の面倒を見るしかないんだ」

父親は病気で入退院を繰り返してたんだけど、母親が看病疲れで交通事故を起こして、あっけなく先に死んじゃって、そのせいで父親まで後を追うように死んじゃったから、と説明しても心は痛まない。淡々と口にできるようになるまで時間は必要だったが、旭には思い出を語り合う相手もいないので、人に話すことは苦ではなかった。

しかも、この話をすると哀れんでくれるのか、支払いに色をつけてくれる客もいるし、これはこれで悪くないと割り切っている。かわいそうだと同情の目で見られることにも、とっくに慣れた。今夜はいつもと瞳の色が違うだけだ。

「んで、相次いで両親がいなくなった後、引き取ってくれたじっちゃんも、オレが中学を卒業する前に肝硬変で死んじゃって、ついに天涯孤独というわけ」

「……それで？」

話の先を促す心配そうな声に、旭は笑いながら答えた。

「それで、まあ……中学を卒業してから、一人で東京に出てきたんだ」

もちろん、上京しても中卒ではろくな就職先もないし、住む場所にしても遠縁の叔母に保証人になってもらい、やっと見つかったくらいだ。世の中は本当に甘くない。バイトの掛け持ちをしながら日々の生活で精一杯の中、売り専をしているバイト仲間の話を聞き、興味を持つと、金が欲しいなら客を紹介してやると言われた。

男同士でセックスをすることも、それに金を払う客がいることにも驚いたが、それより驚いたのは、旭が初めてだと告げた最初の客が払ってくれた現金だ。

「……十万だったよ、オレのバック・ヴァージン」

学もないガキが金を稼ごうと思ったら正攻法じゃ無理だとわかったんだ、と呟いた顔に暗い影はない。それが現実だと身をもって学んだだけだ。

「それに、なんつーか、オレ……セックスにしても、抱きしめられるにしても、そんなに嫌じゃなかったんだよね」

そう呟き、旭はフランツの胸元に甘えるように頬を押しつけた。

両親や祖父を失い、たった一人で東京に出てきて、生きていくために必死だった旭は、自分でも気づかぬうちに人肌のぬくもりに飢えていたらしい。誰からも与えられない金と誰のものでもかまわないぬくもり——それと引き換えにして脚を開く。それは、自分でも不思議なほど自然に割り切ることができた。

「もちろん、いつまでもできるような仕事でもないからさ……しっかりと目標を持って、ちゃんと金を貯めて、自分のために使おうと思って」

「……自分のために？」

フランツが怪訝な顔で問い返すと、旭はしっかりと頷いた。

顔には幼さが残るが、自分自身の将来を見つめる黒い瞳は冷静だった。

「人生は長いんだし、やっぱり学校で勉強したほうがいいかなって……だから、とにかくオレが大学に通うための費用を貯金したいんだ」

この先、中卒ではたかが知れているし、これから高校に通う気にもなれないし、そんな時間も余裕もない。だから自分で働いて金を貯めてから、まずは高卒認定試験を受けて、大学に入ったほうが効率がいいと思ったのだ。

「……オレ、間違ってるかな?」

フランツに腕枕をしてもらいながら、旭は呟いた。

しかし、返す言葉が見つからないように、フランツは黙り込む。

自分の力で未来を切り開こうとする強さは間違いではないが、それでも、と何度も口を開いては閉じたフランツは、しばらく迷ってから呟くように言った。

「アサヒが……一生懸命に頑張っていることはわかる。ただ、それでも……少なくとも、僕は、きみを」

途切れ途切れに呟き、さらに自分の考えをまとめようと口ごもり――ふと、フランツは腕にかかる重みが増したことに気づいた。

腕の中にいる少年は、もう夢の国の住人になっていたのだ。

「……マジかよ、オレ！　また寝ちゃったのかよ！」

翌朝、旭は目覚めた途端、叫びながら頭を抱え込んだ。

「おはよう、アサヒ」

「あ、ごめん、フランツ！　起こしちゃった?」

「いや、かまわないよ。出かける前に会議が入ってるから、ちょうどいい時間だ」

あわてふためく旭の横では、フランツが大きく伸びをしながら枕元の時計に目を向けて微笑む。だが、二日続けて爆睡してしまった旭は落ち込むばかりだ。

フランツは早々に朝食を済ませると、リビングに旭を待機させたまま、部下たちの待つミーティングルームに向かった。いくら仕事で来日したといっても、日曜の朝っぱらから会議とは忙しいことだ。

「……つーか、いつまで会議やってんだよ」

ちっとも戻ってこないフランツを待ちくたびれ、リビングのソファに寝転がりながら、旭は旭なりに思案にくれていた。明日、フランツは帰国してしまう。すでに猶予はない。このまま帰国されるなんて、どうしても我慢できなかった。

触り合うだけでも、あんなに気持ちがよかったのだ。ちゃんと繋がることができたら、もっと気持ちがよくなれるに決まっている。

(問題は……あの超デカブツを、どうやってオレん中に入れるかってことだな)

ブツブツと呟きながら考え込んでいた旭は、不意に思いつくと、勢いよく起き上がって自分のスマートフォンを取り出した。

そして、そんなことを旭が真剣に悩んでいる頃——フランツは、ミーティングルームでドイツ本社とネットを通じて会議中だった。

本社との協議の結果、ようやく業務提携先が決定すると会議は終了した。

だが、かなり時間が押したことに気づいたフランツは、あわてて席を立つと脇に控える部下と秘書に声をかけた。

「我が社の提携先は、羽島物産という結論になった」

「わかりました。それでは金山商事とウエスト・トレーディング社には契約は行わないと連絡しておきます」

「それから、今日の昼食の予約だけど……」

「はい。到着は遅れると、お店に連絡を入れておきますね」

視線の先にある時計を見ながら、美人秘書も心得たように頷いた。

頼んだよ、と念を押したフランツが足早に旭が待つリビングに戻ろうとすると、部下に呼び止められた。

「あ、あの、お急ぎのところ、申し訳ありません。時間がないようであれば、あらためて明日にでも報告しますが……昨日、確認された件ですが」

「いや、かまわない。今ここで聞くよ」

「昨日の夜、お訊ねになった人物は金山商事の溝口氏でした」

「金山商事の？」

「はい。今回の契約交渉の担当者の一人です」

それを聞いて、フランツは訝しむように顔をしかめた。

昨日の夜、パーティーで旭に話しかけた男が気になって、調べさせておいたのだ。

旭を疑うつもりはないが、送り込んできた人物は気にかかる。依頼主については一言も漏らさない義理堅い旭だけに、あの男が金山商事の関係者なら心配だ。

なにしろ、契約交渉の責任者がゲイだという噂を聞き、ホテルの部屋にコールボーイを送り込んでくるような悪知恵が働く相手だ。もしかすると、旭がトラブルに巻き込まれる可能性もある。だからといって提携先は変更できないが、万が一、何か起こっても自分が帰国した後では、できることは限られてしまう。

知らず知らずのうちに、フランツは険しい表情で溜息を漏らしていた。

やっと会議を終えたフランツが、旭とハイヤーに乗り込んだ時には昼も近かった。

ただ、目的の場所までは高速道路を使えば一時間半もかからない。

東京湾を左に見ながら都心を抜けると、横浜を過ぎたあたりから緑も増えて、横須賀を過ぎれば漁港も目につくようになる。

三浦半島にある観音崎の近くが、今日の目的地だった。

道がやたらと細くて入り組んでいたこともあって、二人は目的地の手前でハイヤーから降りることにした。

「ここなら歩いて行けるよ、だいじょうぶ」

そう言いつつ、旭はあらためてスマートフォンの地図で場所を確かめる。

小さな漁港の町は観光地から外れているせいか、いかにも外国人といった金髪の長身が歩いているだけで地元の人が振り返るのが気になるが、通りがかりの店先で道を訊くと、商店街を抜けると早いと教えてもらった。

「こっちが近道だって」

フランツの腕に手を回し、旭は心配そうに顔を覗き込む。

ハイヤーに乗り込んでからというもの、フランツはほとんど口を開かなかった。しかもカジュアルでも黒ずくめの服装に、旭は行き先が寺だったことを思い出す。

「フランツ……ねえ、もしかしたら誰かのお墓参り？」

「どうして？」

「お墓参りなら、あそこに花屋があるし、お花を用意してもいいんじゃないかなって」

「……ああ、そうだね。用意していこうか」

遠慮がちに問いかける旭の気遣いに、フランツは少し微笑んだ。

ホテルを出てから初めて見せてくれた笑顔に、ホッとした旭は花屋に駆け込む。

墓前用の花を買って、教えてもらった近道を歩き、たどりついた先は海岸の手前にある古い寺だった。海に向かって突き出した小高い崖の上も寺の敷地になっていて、防風林に囲まれた静かな霊園に墓石が並んでいる。

「お墓の場所は？」

参道を歩きながら旭が訊ねると、フランツは首を振った。

「名前しかわからないんだ」

「わかった。それじゃお寺で訊こう」

花を持った旭は、もう片方の手でフランツの腕を引き、本堂の裏にある庫裏に向かう。開けっ放しだった玄関から声をかけると、運よく奥から壮年の住職があらわれた。

「こんにちは。どうかしましたかな？」

「お墓を探してるんです。古い住所を頼りに来たので、わからなくて」

「それはそれは、お役に立てればいいが」

「あ、お墓を探してるのは、オレじゃなくて……フランツ、入ってきなよ！　住職さんが探してくれるって！」

人の好さそうな住職が協力してくれるというので、旭は振り返って手招きをする。

すると、フランツは遠慮がちに長身を屈めながら玄関に入ってきた。

「すみません。お手数おかけします。探しているのは……能嶋という墓です」

流暢な日本語を話す金髪の外国人が丁寧にお辞儀をすると、住職の目は丸くなったが、すぐに過去帳を運んできて調べてくれた。

「能嶋か……うーん、聞いた覚えがないから、だいぶ古そうだねえ」

親切な住職は古い過去帳も引っぱり出して確認してくれたが、やはり見つからない。

すると、ずっと待っている二人にお茶を出してくれた住職の奥さんが、見かねたように先代の住職だという腰の曲がった老人を連れてきた。

「おい、どうした？」

「爺ちゃん、こちらの方が能嶋さんという家のお墓を探しとるんだと」

「のしま、のしま……おお、能嶋か！　なんと、まあ、なつかしい名前じゃ……しかし、あの家はもう絶えとるぞ」

「……絶えてる？」

旭が訝しむように問い返すと、老人は頷いた。

「このへんでは有名な大きい網元の家だったんだが、跡取りの一人娘が金髪の外人さんと駆け落ちして……本家も親戚もほとんどが戦争で死んでしまって、最後に残った御隠居にお迎えが来たのも、ずいぶんと前になるが」

記憶をたどるように遠い目をしながら話していた老人は、不意に旭の横に並んだ金髪を見上げて問いかける。

「いや、まさか、もしかして……おたくさんは能嶋の八重さんの？」

フランツは静かに頷いた。

「そうです。能嶋八重は僕の祖母です」

能嶋の墓所は小高い崖の先、海を見下ろせる場所に、ぽつんとあった。

戦後のことしかわからなかった婿養子の住職は、そこも寺の敷地だとは知らず、先代の住職だった老人だけが覚えていたのだ。

長い間、訪ねる人すらいなかった墓所の周辺は荒れ果てていた。

旭は庫裏に駆け戻り、軍手やシャベルを借りてくると、手早く周囲の雑草を引き抜き、きれいに掃除をしてから花を供えた。

東京に出る前は、しょっちゅう両親や祖父の墓に通っていたから慣れた作業だ。

その横で見よう見まねで手伝っていたフランツは、旭がもらってきた線香に火をつけて墓前で手を合わせると隣で同じようにした。

フランツはうつむいたまま、いつまでも目を閉じて拝んでいる。

先に目を開けた旭は、邪魔をしないように息をひそめた。

死者と語り合う時間は、厳かで敬虔なものだと身をもって知っている。

寄せては返す波の音だけが聞こえる場所は、潮風が心地よかったし、見晴らしもいい。待っていることも苦にはならなかった。

「……ありがとう、アサヒ」

ぽつりと礼を言い、ようやく上げたフランツの顔の表情は明るくなっていた。それが嬉しかったので、旭は笑顔で首を振った。

「ううん、たいしたことはしてないよ」

「いや、僕一人では見つけられなかったと思う。本当にありがとう」

お墓の掃除もね、とウインクされると旭は照れくさくなって、あわてて話を変えた。

「そういや、フランツにも日本の血が流れてるんだね」

「四分の一だけね」

「だから日本語がうまいの？」

無邪気な質問に、フランツは小さく噴き出した。

「だったら、よかったんだけど……僕は祖母が大好きだったし、祖母が一人で呟く言葉の意味が知りたくて、必死に勉強したんだ」

墓所の向こうには波が打ち寄せる、おだやかな海が広がっていた。

フランツは、その水平線の彼方を見つめている。

旭には想像もつかなかった。家族を捨てて、好きになった人だけを頼りに、言葉も違うはるか遠い国に行くなんて、どれだけの勇気がいるんだろう?

そんなことを考えるともなく考えながら金髪の長身を見上げていると、ぽつりぽつりとフランツが大好きだったという祖母の思い出を話してくれた。

「……祖父と一緒にドイツに来ても、日本のことは忘れられなかったらしいよ」

家族に反対されても、それを押し切って出てきたから二度と日本には帰れないと気丈にふるまっていたが、幼いフランツが祖母の独り言の意味を知りたがり、自分から日本語の勉強を始めると、とても喜んだという。

覚悟を決めてドイツに渡ってきただけに、年老いても故郷を恋しがるようなことは一切言わなかった祖母の遺言は、生まれた国の言葉でフランツだけに託された。

「……息を引き取る寸前、これを僕に預けてくれたんだ。祖母が家を出る時に、母親から手渡されたものだと」

そう言いながら取り出したのは、あの色褪せた古いお守り袋だった。旭が預かっていた古い紙片を返すと、それを袋に戻したフランツは墓前に供えた。

「日本に行くことがあれば……この場所に、このお守りを自分の代わりにって」

「……でも、いいの？　大事な形見の品なのに」

旭が気遣うように訊ねると、フランツは微笑みながら頷く。

「祖母はドイツの空の下で眠りについたけれど……その気持ちの一部は、生まれた祖国に還ってきたかったんじゃないかな」

その言葉に納得した旭は、だったら風に飛ばされたりしないように埋めてあげよう、とシャベルを使って、墓所の手前に小さな穴を掘り始めた。そして、しっかりとお守り袋を埋めてから満足した顔で立ち上がり、フランツを見上げる。

「フランツのおばあちゃん、喜んでくれてるかな？」

すると、なんだか泣き出しそうな笑顔のフランツに抱きしめられた。

「……フランツ？」

「ありがとう、アサヒ……本当にありがとう」

耳元で囁くように礼を言われ、旭も背伸びをしながら金髪の長身を抱きしめる。

ほんの少しでも、フランツの役に立てたことが、たまらなく嬉しかった。

「これから、どこに行くの？」

墓参りを済ませた後で、ハイヤーに戻ってから旭が訊ねると、フランツが苦笑しながら答えてくれた。

「実はランチの予約を入れてるんだ」

「え？　ランチ？　ちょっと遅すぎるんじゃない？」

旭が時計を確かめると、すでに二時過ぎだ。

けれど、ハイヤーの運転手が予約を入れてあるなら平気だと言ってくれたので、急いで向かった先は、静かな竹林の中にある料亭だった。立派な門を抜けた先には数寄屋造りの瀟洒な建物と日本庭園があって、いかにも外国人が喜びそうな店構えだ。

運転手の話では知る人ぞ知る隠れ家的な老舗料亭だというが、フランツは秘書に頼んで予約を入れてもらっただけで詳しいことは知らなかった。

ランチには遅い時間なので、おそるおそる店に入ったが、お仕着せの着物を着た仲居はちゃんと出迎えてくれて、さすが老舗は違うな、と感動していると、二人が通されたのは離れの和室だった。きれいな庭がよく見えるように障子は大きく開け放たれ、床の間には掛け軸と生け花が飾られている、まさにお座敷だ。

「すっげえええええっ！」

つい旭は叫んでしまったが、お茶やおしぼりを出す仲居は笑いを堪えている。

恥ずかしさに赤くなって座卓につくと、先に座っていたフランツが笑顔で訊ねた。

「どうかな、アサヒ？　気に入ってくれた？」

「気に入るも何も、こんな立派なお店、オレにはもったいないよ！」

どうやら、ちゃんとした日本の料理は滅多に食べないと言った旭のために、フランツはこんな店を美人秘書に選んでもらったらしい。

だが、それよりも、旭は墓参りを無事に済ませたせいか、フランツの表情がすっかりと和んでいることが嬉しかった。

上手に箸を使うフランツと一緒に、旬の食材を厳選したという懐石料理を味わうことができたのも楽しかったし、甘いものは苦手だと最後に出た甘味を譲ってくれたフランツが離れの縁側で庭を眺めようとすると、あまりにも背が高すぎるせいで、何度となく鴨居に頭をぶつけそうになっているのもおもしろかった。

旭が遠慮なく爆笑しつつ、二人分の三色団子を平らげると、食後のお茶を淹れてくれた仲居が小声で囁いた。

「……奥のお部屋もご用意が整っておりますので、ごゆっくり」

急に言われて、キョトンとしても、仲居はそそくさと下がっていく。

好奇心を刺激された旭は、お行儀は悪いが、団子の串をくわえたままで座敷の奥にある襖を開けてみた。

「うっひょ〜〜〜〜〜っ！」

思わず、突拍子もない声を上げてしまうと、鴨居を避けるために慎重に身を屈めながらフランツが戻ってきた。

「……アサヒ？　どうしたんだい？」

「どーしたも、こーしたも、すごいよ、フランツ！　やる気満々って感じ？　こんなの、オレ、映画やドラマで観たことはあるけど本物は初めてだよ！」

興奮した旭に腕をつかまれ、開いた襖の奥に引きずり込まれたフランツは、その座敷を見ると目を丸くした。離れの奥にある座敷の真ん中には真っ昼間であるにもかかわらず、すでに布団が敷かれていたのだ。

だが、絶句したフランツに気づいて、旭は怪訝な顔になる。

「……あれ、どうしたの？　フランツ？　このお座敷って、オレとセックスするつもりで用意したんじゃないの？」

「い、いや……僕は頼んでいない」

「じゃあ、予約をしてくれた秘書のお姉さんが気を利かしたのかな？」

その説にも納得できないようで、フランツは困惑した表情で首を振った。彼女が二人の関係に勘づいているとは思えないらしい。形のいい顎に手を当てて、考え込んでしまったフランツを見上げて、旭は消え入りそうな声で呟く。

「……フランツ、ごめん」

「アサヒ？」

「オレ、一人で騒いで、はしゃいじゃって……」

すっかり落ち込んでしまった旭を見て、フランツは苦笑しつつ、なだめるように黒髪を撫でてくれる。けれど、その手を振り払い、旭は背伸びをしながら口唇を求めた。

「……アサヒ？」

しがみつく身体を支えてもらうと、キスは自然と長いものになる。

旭に応えるうちに、フランツの欲望も目覚めてくるが、流されてしまうのが嫌なのか、首に巻きついた腕を引き剝がしながら言った。

「お願いだ。待ってくれ、アサヒ」

両手首をつかまれ、身体を押し返され、旭は口唇を嚙みしめる。だが、つかまれた腕を振(ふ)り解(ほど)くと、もう一度、フランツにしがみついた。

「……ごめん。でもオレ、お布団を見た瞬間、めちゃくちゃ嬉しかったんだ。フランツもオレとしたいって思ってくれてるって、そう思ったから……」

そう呟きつつ、旭は照れたようにフランツの胸元に顔を伏せる。そんな本音を聞いて、フランツもためらいがちに腕を回し、抱きしめてくれた。その優しい腕が嬉しくて、旭は言葉を続けた。

「……ねえ、フランツ、セックスしようよ。それとも、オレとしたくない？」

「そうじゃない」

「だったら！」

腕の中で叫ぶように訴えると、旭はまっすぐにフランツを見上げる。

「オレは好きだよ、フランツのこと……だから、したいんだ」

それじゃダメなのかな、と畳みかけると、フランツは拒む言葉に窮した。

その隙に旭は長身を引き寄せて布団の上に座り、膝立ちになって向かい合うと、金髪やまぶたの上にキスを繰り返す。さらにネクタイを緩めて、シャツのボタンを乱暴に外し、襟元を開く。

「……アサヒ、待ってくれ」

「やだ」

「アサヒ」

煮え切らないフランツに、旭は苛立ったように訴えた。

「ああ、もう！　うるさいな！　嫌だったら、オレを殴ってでも止めろよ！　フランツが本気でしたくないってゆーなら、オレを手加減なしで、ぶん殴っていいから！　ホントに嫌だったら！」

苦渋に満ちた表情で黙り込んだフランツは、それでも、キスをねだるように近づく顔を押し返した。何をどう言っても折れてくれないフランツの腕の中で暴れ、逆ギレした旭は大声で叫んだ。

「……どうして！　だったら、オレが殴ってでもするよっ！」

「どうしても、ダメだよ。僕は、アサヒを傷つけるかもしれない……大きくて怖いって、ずっと怯えているだろう?」

「そんなの、全然、だいじょうぶだよ!」

旭はニヤリと笑ってから、自分のジーンズのポケットに突っ込んだ手をフランツの前で開いてみせる。

その手の中には、一本のチューブがあった。

「ほーら! オレだって、ちゃーんと秘密兵器を用意してるんだ……これは局所麻酔薬。麻酔効果があって潤滑剤にもなるし、ちょうどいいだろ?」

そう説明しながら、一緒にポケットから取り出した使い捨ての医療用手袋をフランツの右手に勝手にはめてしまうと、チューブのゼリーを指先の上にひねり出す。

「実は、フランツが会議をしてる間に、こっそり届けてもらったんだ」

ガイジンが大好きってキャバ嬢が相手のモノが大きすぎて入らないって、看護師さんに泣きついて、これを使えばって智恵を授けられていたのを思い出して、と笑いつつ、旭は押し倒したフランツの上に馬乗りになって、自分のジーンズを下ろしていく。

「これがあれば、ちゃんとできるよ。オレは慣れてるから」

そう言うと、フランツの真似(まね)をして不器用なウインクをする。

旭の本気を目の当たりにして降参したように無抵抗になっていたフランツは、それでも苦笑を浮かべながら首を振った。だが、旭はあきらめなかった。素肌を晒した両脚の間に手袋をつけた手を引き寄せて、真摯な声で問いかける。

「ねえ、フランツ……オレのこと、嫌い？」

「嫌いなはずがない」

即答してくれた声に微笑み、旭はゼリーに濡れた指先を、自らの両脚の間に——そこに隠れた窄まりに導いていく。ひんやりと濡れた感触に背筋が震えても、大きな手のひらが腰を支えてくれるのが嬉しかった。

最初はためらいがちに、次第にゆっくりと、ゼリーの潤いを借りながら指先が沈む。

そっと抜き差しを繰り返すと、じわじわと窄まりは緩み始めて、根元まで沈められても痛みはなかった。指の数を増やされても、素直に開いていく。

「あっ……ん、んんっ」

敏感な場所を探られた時には、旭は無意識に甘い声を漏らしていた。

しがみついた背中から、邪魔な服を剝ぎ取りたかったが、こねるように奥深いところを探られると、首に腕を回しているだけで精一杯になる。

すでに旭の欲望は膨れ上がって、切なさを増すばかりだった。

身体を起こしているのもつらくなると、そっと抱きかかえられた旭は布団に下ろされ、フランツが覆い被さってくる。

「アサヒ、避妊具は？」

「オ、オレ、の……後ろの、ポケットの中」

旭の返事を聞いてから仰け反った顎先にキスを落としたフランツは、力の抜けた両脚をジーンズから器用に引き抜き、後ろのポケットから避妊具のパッケージを見つける。

「……オレ、にも」

服を汚しちゃいそう、と旭が吐息混じりに伝えると、フランツは頷いた。

淫らな欲望でいっぱいになった二人は、もう服を脱ぐ余裕もなかった。

旭は下半身を晒しただけで、フランツもボタンを外されたワイシャツを乱し、ベルトを外して、スラックスの前を開いただけの状態だ。

それでも、互いの欲望に避妊具をつけるために、旭も手を貸した。

フランツのものは、もうすっかり大きくなっていたが、それでも戸惑いはなかった。

それよりも避妊具をつけるために窄まりから指を引き抜かれてしまって、物足りなくて仕方がない。

早く、と喘ぐように急かすと、優しいキスで口唇をふさがれ、旭も夢中で応じた。

避妊具をつけた切っ先が窄まりに押しつけられれば、それを早く内側から感じたくて、焦れたように腰を浮かせた。大きさが怖いことは変わらなかった。それでも、怖いけれど欲しかった。どんなに怖くてもかまわないほど欲しかったのだ。

頬に触れるやわらかな金髪の感触も、鼻先に漂ってくる甘く優雅な香りも心地よくて、力強く抱きしめてくれるフランツにしがみつく。

「……歯止めが利かなくなりそうだ」

そんな切羽詰まった囁きに、旭の全身が素直に震えた。

自分の鼓動が早鐘のように鳴り響いているのがわかるし、しがみついている身体からも同じような鼓動を感じられるのが嬉しかった。

まっすぐにフランツを見つめ返し、旭は興奮に上擦った声で答えた。

「いいよ、だいじょうぶだよ、フランツ……オレ、女の子じゃないから、ちょっとぐらい荒っぽくされても壊れやしないよ」

だから平気、と旭が微笑むと、きつく腕の中に抱きしめられると同時に、巨大なものに貫かれた。局所麻酔薬のおかげか、痛みはなかった。じんわりと麻痺して緩んだ場所は、燃えさかる炎のような欲望に満たされていく。

その大きさに腰が退けても、ホテルのベッドとは違い、スプリングのない和式の布団は身体が沈むこともなく、ぐにゅりと灼熱の肉塊が突き進んでくる。

けれど、痛みはなかったが、狭いところを大きな異物に押し開かれる違和感に、自然に涙があふれて、押し出されるように声が漏れてしまう。

「はぁっ……あ、あっ、ああっ！」

気遣うように顔を覗き込むフランツも、どことなく切羽詰まっていた。

何も言葉にならず、ただ必死になって首を振ると腰を引かれそうになり、旭はあわててフランツにしがみついた。

「だ、め……抜いちゃ、やだ」

もっと奥まで、もっとずっと奥まで入ってきてほしくて、フランツの身体に両手両脚を巻きつけて、あられもなく抱きついた。すると、切ない願いが通じたように、きつく腰を引き寄せられ、巨大な肉塊が一気に奥深いところまで貫いた。

口から自然に漏れたのは歓喜の叫びだった。燃えるように熱い欲望を受け止めた瞬間、甘い歓びが背筋を走り抜けて、旭は性器をいじられてもいないのに達していた。

吐精の余韻に泣きじゃくる旭を、なだめるように優しい声が訊ねる。

「……アサヒ、気持ちいい？」

「ん……うんっ、んっ」

すっぽりと体内に収まった固い肉塊に感じ入ったまま、旭はしゃくり上げながら何度も頷いた。きつく抱きしめられ、頬の涙にキスをされるだけで身体の奥が淫らな熱を帯び、またしても性器が固くなってしまう。

しかも歓喜に満たされた身体は、息をするだけでも深々と根元まで飲み込んだものを、ぎゅうっと締めつけるせいか、今にも腹を突き破られてしまいそうだった。

「フ、ランツ、は……？　ねえ、フランツは、気持ちいい？」

旭が歓喜に溺れながらも不安そうに訊ねると、フランツは抱きしめる腕に力を込めて、吐息混じりに囁く。

「もちろん……いいよ。とても気持ちがいい」

そんな返事を聞くだけで、全身が甘くとろけていく。

キスをねだるように頬を寄せると、すぐに口唇を重ねてくれたのも嬉しかった。

そして、ゆっくりと少しずつ、ひとつに繋がった場所で大きな肉塊が動き始めて、旭は初めて知るような歓びに飲み込まれていった。


「……おや、静かだと思ったら、坊やは寝ちゃったんですか？」

「ええ。ぐっすりと」

ハイヤーの運転手の笑いを含んだ問いに、フランツも頷きながら微笑んだ。

東京に戻るハイヤーに乗り込むと、旭はフランツの肩を借りて、あっという間に寝息を立てていた。肩にかけてやったジャケットの下で、すやすやと眠る顔を見ているだけで、フランツの口元には笑みが浮かぶ。

ついに繋がり合った甘いひとときの後で、すっかり旭は放心していた。

一人で立て続けに何度も達し、最後の絶頂を迎えた後は意識を飛ばしていたほどだ。

服を整えてからも、どことなくぼんやりしたまま、フランツが気遣っても、平気だよ、だいじょうぶ、と繰り返して首を振るばかりだったが、足元はおぼつかなくて、見かねて手を貸すと、素直にしがみついてきた。

よっぽどつらかったんだろう、とフランツの心は痛んだ。

どう考えても、旭のほうが身体の負担は大きい。自制できなかった自分を猛省しつつ、欲しいという気持ちを真っ向からぶつける旭を可愛いと思ったのも事実だ。

自分の肩に寄り添うぬくもりは、たまらなく愛しい。だが、明日には日本を離れる身で手を伸ばしてもよかったのか、という迷いもある。

亡き祖母の遺言は、旭の協力もあって無事にかなった。

来日の目的だった仕事も、明日の契約さえ済めば、無事終了だ。

おそらく自分が帰国すれば、旭はこれまでと同じ生活に戻るに違いない。

男に身体を与えて、金をもらっても、それはそれと割り切って将来のために貯金をし、大学に行くという目標に向かって努力できる、しっかりした子なのだ。頭の回転も速くて信頼できる。どんな境遇でも、この子なら頑張っていくだろう。

そう考えて、フランツは夕焼けに染まる窓の外を眺めながら苦笑する。

この子なら心配ないとわかるのに、帰国したくない――いや、手放したくない。ずっと近くにいたい。別の男の前でもさっきのような声を上げたり、無防備な顔を見せるのかと思うと胸が苦しくなる。

フランツが顔をしかめて考え込んでいると、不意に旭が身じろいだ。

「あ……オレ、寝ちゃった?」

そう呟き、あくびをしながら目をこする幼い仕草に微笑むと、バックミラーで見ていた運転手も笑い、そろそろホテルにつきますよ、と声をかけた。旭は赤面すると舌を出し、肩から落ちたジャケットの下で、運転手には見えないように手を繋いでくる。しっかりと握り返すと、嬉しそうな笑顔を見せるのが可愛かった。

そうして都心に戻り、宿泊中のホテルの前でハイヤーを降りた後も、二人は今日ずっと自分たちを尾行する車がいたことにまったく気づいていなかった。

スイートルームに戻ってくると、フロントから電話があり、フランツに来客を告げた。

『金山商事の溝口さまがお見えになりました』

相手の名前を聞き、フランツの顔が険しくなる。

来客をミーティングルームに通すように頼んでから、フランツは寝ぼけたままで寝室に直行した旭の後を追った。

「アサヒ、仕事で会わなきゃいけない人がいるんだ。僕はミーティングルームに行くが、きみはここで休んでいてかまわないよ」

そう声をかけつつ、ベッドに倒れ込んだ旭の頭を撫でてやると、遠慮がちに手のひらをつかまれ、引き寄せられる。

「……ねえ、オレ、わがままを言ってもいい？」

「なんだい？」

「早く戻ってきて」

あまりにも可愛らしいわがままに、旭をしっかりと抱きしめてから、フランツは表情を引きしめると、ミーティングルームに足を向けた。

すでに来客は待ちかまえていた。

「突然、お訪ねして申し訳ありません。金山商事、営業一課の溝口と申します」

「ご用件は？」

あえて挨拶はせず、フランツは握手もしないで向かい合う。

くたびれたスーツの中年男——溝口にしても、椅子を勧められないことを気にもせず、持ってきた大きな茶封筒を開きながら言った。

「貴社の日本での業務提携先が、羽島物産に決定したと連絡をいただきましたが、それを思い止まっていただきたく参上しました」

意味ありげな笑みを浮かべて妙に丁寧に告げた溝口は、怪訝な顔をするフランツの前に茶封筒の中身をぶちまけた。

ミーティング用のテーブルの上には、何十枚もの写真が散らばっていく。

どの写真も、フランツと旭が寄り添いながら歩く姿や後部座席で肩を寄せ合うもので、他にも料亭の離れで服を乱し、抱き合う姿まで撮影されていた。

テーブルに冷ややかな視線を向けると、フランツは黙ったままで椅子に座る。

そのフランツを見下ろし、溝口は楽しげに告げた。

「観音崎で待機していたハイヤーの運転手に、さりげなく次の行き先を聞き出し、料亭の予約を離れの御寝所つきに変更して差し上げたのは、わたしなんですよ」

お役に立ったようでよかった、と自慢そうに笑った溝口に、フランツも謎が解けた顔で頷いた。すると、その反応に気をよくしたのか、溝口は散らばっている写真の上に一本のUSBメモリを放り投げた。

「これには、料亭での会話を盗聴した録音データが入ってます。この写真と録音データを公表されたくなければ、日本支社の業務提携先を金山商事にしていただきたい」

「それは羽島物産に決定している」

「それじゃ困るので、こうやってお願いに来たんですよ。この契約が取れないと、オレがヤバいんで、手段は選んでいられなくてね」

「我が社には関係ない」

「会社はそうでしょうが、アンタはどうでしょうかね？」

溝口は、さらに一枚の報告書を取り出して、ぶちまけられた写真の上に広げた。

「こっちは、アンタのお相手をしたガキの調査書です。未成年だから日本の法律や条令に引っかかります」

ニヤニヤと笑っている溝口に、フランツは冷ややかに問い返す。

「きみだろう、彼を送り込んだのは」

「やめてくださいよ。そんな証拠がどこに？　まあ、もちろん、この写真や録音データが暴露されても、アンタは帰国すればいい……だが、ガキは無傷じゃいられませんよ」

フランツが顔をしかめると、溝口はここぞとばかりにまくし立てた。

「これが表沙汰（おもてざた）になれば、あのガキだって男相手に身体を売っていたと補導され、田舎に帰されるだろうし、周囲からは好奇の目で見られるでしょうね」

それでもかまわないんですか、とやたらと煽（あお）るような声に、フランツはこれ見よがしに深々と溜息をついてから立ち上がった。ミーティングルームから足早に立ち去ろうとする金髪の長身に向かって、溝口はあわてて叫んだ。

「……お、おいっ、待てよっ！」

「きみの要求を呑む」

フランツはドアの前で立ち止まって答えた。

あっけなく翻った返事に、唖然としている溝口に告げる。

「契約は金山商事と行うことにするから、明日の昼前にここに担当者を……」

だが、そこまで言ってから、フランツは凍りつく。

目の前にあるドアが静かに開いて、不機嫌な顔をした旭が睨みつけるようにフランツを見上げていたからだ。

「……アサヒ」

「どうして、そんな要求を呑むんだよ？」

そう問われ、溝口の脅迫にも冷静さを失わなかった長身がたじろぐように後ずさる。

だが、フランツが何も答えられずにいると、耳障りな笑い声が上がった。

「よかったな！　この金髪サンはすっかりおまえにご執心だぞ」

「うっせーな、オッサンは黙ってろ！」

旭の罵声を浴び、溝口は鼻白む。実際、旭はものすごく怒っていた。

こんな時間に来客なんておかしいし、なんだか胸騒ぎがすると、ミーティングルームの様子を覗きに来たら——なんと！　最初の依頼主がフランツを脅迫していたのだ。

旭だって無関係じゃない。腹が立って仕方がなかった。

脅迫している溝口も、卑怯な要求を呑もうとしているフランツも。

旭が詰問するように睨みつけると、フランツは沈痛な面持ちで呟くように答えた。

「すまない……アサヒを、僕の仕事に巻き込みたくなかったんだ」

フランツの謝罪を聞きながら、溝口はぶちまけた写真やＵＳＢメモリを茶封筒に戻し、勝ち誇るように笑った。

「安心しろ。これは明日の契約が済んだら渡してやるから……」

「いや、それは今、これと交換しろよ」

溝口の言葉を遮った旭の手には、スマートフォンがあった。

慣れた操作で音声を再生させると、ノイズが多くて音は割れ気味だったが、にぎやかな騒音をバックにした会話が聞こえてくる。

――さっそくだが……おまえって男相手に身体を売ってるんだろう?

――悪いけど、今夜はもう予定が入ってて

――今夜じゃない。明後日の晩、ある男を楽しませてほしい

そこまで聞くだけで、フランツの顔色が変わった。

溝口に至っては絶句する。

バーでの商談を再生させながら、旭は肩をすくめた。

「オレも仕事だからさ。何が起こってもおかしくない商売なんだし、保険のために毎回、客との会話は録音してるんだ。オッサンは今さっき、自分がオレを送り込んだと証明する証拠がないって言ったな？」

絶句したまま、固まっている二人の大人の前で、旭はスマートフォンから聞こえてくる音声のボリュームをさらに大きくした。


――アンタ、名前は？

――金山商事の営業一課、溝口だ

録音された溝口の声は、はっきりと自分の名前を告げていた。

旭は営業用の作り笑いを溝口に向ける。

「ねえ、オッサン。この音声データ、消してほしい？」

真っ青になって震えている男の目の前でスマートフォンを揺らしつつ、旭はにっこりと微笑みかける。

「消してやってもいいよ、その封筒をオレにくれるんなら」

「……かなわないな、アサヒには」

そう溜息混じりに呟いたフランツは、旭と一緒にリビングに戻ってくるなり、ソファに崩れ落ちるように座り込んだ。

取引に応じるしかなかった溝口は、証拠入りの茶封筒と引き換えに、スマートフォンに保存された録音データを目の前で消去させると、捨て台詞(ぜりふ)を残す余裕もなく逃げるように立ち去っていた。

「フランツ、ビールでも飲む？　日本のしかないけど……」

旭は手に入れた茶封筒を持ったままで、ミニバーの冷蔵庫から缶ビールを取り出すと、長身の隣に座った。しかし、フランツは差し出した缶ビールを受け取らず、旭を無造作に自分の膝に抱え上げてから囁いた。

「ありがとう、アサヒ」

「どういたしまして」

礼を言われた旭は苦笑しながら答えると、フランツの手にプルタブを開けた缶ビールを押しつけてから、あらためて訊ねた。

「……ねえ、フランツ。どうして、あんなヤツの言いなりになろうとしたの？」

だが、返事はなかった。

膝の上にいる旭を抱きしめたまま、フランツは黙り込んでいる。

仕方がないので、旭は持っていた茶封筒から次々と写真を引っぱり出した。

ハイヤーの後部座席のものはまだしも、離れの座敷の写真は明らかに盗撮だ。やたらと拡大したのか、画質も悪かった。抱き合う人影はかろうじて金髪が判別できるが、背中に回した手や、あられもなく開いた両脚が自分だとわかる旭は恥ずかしいが、知らない人が見たとしても、これが誰かはわからないような気がする。

そう思いながら目を向けると、ヤケになったようにビールを一気飲みしたフランツは、空き缶を握りつぶして、そっぽを向いてしまった。

「ねえ、フランツ？　どうして、こんな写真なんかで脅迫されちゃったんだよ？　ねえ、ねえねえねえ？」

しつこく訊かれて無視できなくなったフランツは乱暴に茶封筒を取り上げて、ソファの背後に放り投げると、旭を抱きしめた。そのまま、前髪や顔にキスが降ってきて、最後に口唇に降りてきたキスに応えつつ、旭は甘やかかな吐息混じりに問いかける。

「……ねえ、どうして？　フランツ？」

「これが答えだよ」

返事にも甘い吐息が混じっていた。

キスを繰り返しながら、フランツは告白する。

「僕は、アサヒに迷惑がかかりそうなことが耐えられなかったんだ……会社の問題なら、自分の手が届くが、日本にいる旭がトラブルに巻き込まれても、何もしてやれないことが怖かった」

「それって……もしかして、オレのせい？」

「いや、アサヒのせいじゃない……僕が、アサヒを好きになったせいだ」

アサヒのことが心配だから、他のことは何も見えなくなってしまったんだ、と囁かれ、旭は胸が熱くなる。

「……ねえ、ベッドに行こう？」

もう、ちゃんとできるはずだから、朝までいっぱい可愛がってよ、と抱き上げてくれた腕の中から甘えたおねだりをする。キスを交わす間も、すでに一度、繋がり合った場所が淫らな熱を持ち、我慢できないほど疼いていた。

寝室のベッドに下ろされて服を脱がされ、生まれたままになった身体に、何度もキスをもらううち、旭はしがみつくことしかできなくなった。

キスをされるたびに切なげに身をくねらせると、さらに愛撫が深くなっていく。

もうフランツを気持ちよくしたい、と思う余裕もなかった。

とろけるような甘い愛撫に、感じるままに乱れるばかりだった。

「あっ、ああっ……とっ、溶けちゃう、よ、もう！」

「……アサヒ」

「は……は、やくっ、フランツ！　あ、ああっ、あああぁ……！」

甲高い声を放ちながら、窄まりに押しつけられた灼熱の肉塊を迎え入れる。

繋がり合うのは二度目だし、たっぷり慣らしてもらったせいか、もう旭は大きなものを受け入れることにも怯えはなかった。一度、繋がったら、どれほど強い歓喜があるのか、すでに知っているだけに、身体の中で雄々しさを増すものに酔いしれる。

「いいっ、すっ、すごいっ……も、もう、ダメ」

旭が泣きじゃくると、フランツは仰向けになった自分の上に乗せてくれた。

騎乗位になり、支えてくれる手に甘えながら腰を揺らして、背筋が震えるような歓喜に夢中になる。それは、まるで身体の奥から燃え上がるような歓びだった。

「ごっ、ごめん、ごめんなさい……オレ、こんなに、いやらしい子でごめんなさい」

歓喜を貪りながら謝る旭を、フランツはなだめるように抱きしめる。

金と引き換えに身体を開くことを覚えたせいか、旭は自分自身の快楽に夢中になるのが初めてで、それは悪いことのように思えたのだ。これまで一度も感じたことがない歓びを味わったせいで、思わず、口からこぼれた言葉だった。

「……アサヒ、気持ちがいいんだね？」

「ん、んんっ！」

優しい囁きに問いかけられ、旭は何度も頷いた。

本当に、飲み込んだ大きなものは少し動くだけでも、旭の弱いところを余すところなく刺激してくれて、歓びが全身に広がっていく。挿入の刺激だけで、はち切れそうになった旭自身も、ひっきりなしに先走りの蜜をこぼしている。

「あっ、い、いいっ！　で、出ちゃう……もう！」

すぐにでも達してしまいそうな歓喜を味わい、フランツにすがるように腕を伸ばすと、ぎゅうっと抱きしめてもらって、ぽろぽろと涙があふれてくる。

「フ、ランツ、す、き……だ、大好き」

「アサヒ」

フランツは嬉しそうに微笑み、大きく突き上げると、ついに絶頂を迎えた。

それを追うように、旭も無意識に達していた。

忘我の一瞬、弛緩する四肢を抱きとめられ、無性に胸が熱くなる。身体だけじゃなく、胸の奥までいっぱいになるような、とろけてしまうような甘い歓びは――きっと、これが最初で最後の夜だろう。

歓喜の余韻に酔いしれる頭のどこかで、そんな囁きが聞こえる。

明日になれば、フランツは遠い海の向こうに帰ってしまう。こんな気持ちがいいことは二度とできなくなるだろう。今夜が最後だと思うたびに、遠くなる意識を引き戻し、旭はねだるように、さらなる歓びを求めた。

自分を貫く熱い欲望を、少しでも引き留めたくて必死だったのだ。

旭が満足するまで何度となく抱きしめてくれた腕の中で、ついに限界を迎えた頃には、うっすらと空も白み始めていた。

目覚めた途端、旭は寝返りも打てずに呻いた。

昨夜の記憶が次第に戻ってくると、さすがに羞恥に頬が熱くなる。

「……やり過ぎだよ、オレ」

そう呟いた声も喘ぎすぎて、かすれて情けない。

なにしろ、自分が何度、達したのかも覚えていなかった。

ベッドに自分しかいないと気づくと寂しくなるが、多忙なフランツが旭の求めるままにつき合ってくれた上に、おそらく今頃は、きちんとスーツを着込んで、仕事をしているに違いないと思うと頭が下がる。

そう考えた旭は必死になって起き上がったが、全身が鉛のように重かった。

両脚の間には、ぽっかりと大きな穴が空いているようだ。

ものすごく大きなものが、まだそこにいるような気がしてしまう。

指先で確かめると、緩んだ窄まりは湿っていた。

今になって、ようやく避妊具もつけないで繋がっていたことを思い出す。

身体を売るようになってから、客との交渉は録音することと、避妊具なしのセックスは絶対しないことは自分の安全のために鉄則にしていたのに——生でセックスをしたのも、夢中になって我を忘れてしまったのも初めてだった。

ひとりぼっちのベッドの上で、旭は自嘲気味に溜息を漏らした。

とにかく、いつまでも寝ているわけにいかない。自分に気合を入れ直し、行為の余韻が残る身体を叱咤し、おぼつかない足取りでベッドを下りて、火傷しそうに熱いシャワーを浴び、なんとか頭もはっきりすると身体の気怠さも薄れてきた。

そして、自分の服を着ながら、フランツのバッグが開いたままだと気づいた。

たった四日分だ。旅慣れているようで、たいして荷物は多くない。脱ぎ捨てられていたワイシャツを広げてみると、ふんわりと漂ってくる残り香が切なくて、目を逸らした先にオード・トワレのしゃれたボトルが置かれていた。

ゲランの〈HABIT ROUGE〉——さわやかで優雅な甘い香り。

絶対に同じものを買おう、と心に決めた。それくらいは許されるだろう。

だが、何度となく溜息を漏らしながら、未練を断ち切るように帰り支度を済ませても、誰も部屋に戻ってこなかった。時計を見ると、すでに正午も過ぎている。いくらなんでも挨拶もしないで帰るわけにはいかず、旭がソファで膝を抱えていると、ようやく話し声が聞こえてきて、スイートルームのドアが開いた。

「よかった。起きてたんだね、アサヒ」

「うん、おかえりなさい」

ライトベージュの品のいいスーツに長身を包んだフランツに、ソファから手を振ると、背後にいる部下も気にせず、まっすぐに旭の元に来てくれた。

「目が覚めたら、誰もいないんだもん」

「すまない、アサヒ……よく眠っていたから起こさなかったんだ」

そんな話をしていると、フランツの部下は、それでは成田(なりた)空港に向かう車が到着したらお迎えに上がります、と頭を下げてから出ていった。

彼がいなくなった途端、隣に座ったフランツは旭を優しく抱き寄せる。

その力強い腕に抱きしめられて金髪に顔を埋めると、すっかりと嗅ぎ慣れた甘く優雅な香りを感じて切なくなってしまう。

「……身体は平気？」

気遣うような声も優しくて、ただ頷きながら肩にしがみつく。

本当はちっとも平気じゃないし、フランツの腕の中にいるだけで身体が疼いてくるが、そんなことを伝えても切なくなるだけだ。

「フランツこそ、時間は平気？　何時の飛行機で帰るの？」

わざと明るい声で訊ねると、フランツは微笑んで立ち上がった。

「夜の便だから多少は時間があるよ。一緒に食事ぐらいはできそうだ」

お腹(なか)が空いてるよね、と問いかけられても、空腹なんてまったく感じていなかったが、気遣ってくれる気持ちが嬉しくて、旭は作り笑いで頷いた。

「それじゃ、さっさと荷物を片づけて、ホテルのレストランに行こうか」

そう言いながら寝室に向かったフランツを追いかけて、旭も荷造りを手伝うと、不意に着信音が聞こえてきた。

フランツがスマートフォンを取り出し、画面を確認して通話ボタンを押すと、その声は突然、日本語ではなくなった。ドイツからの電話らしい。少しも意味のわからない言葉を聞きながら、旭はすっかり片づいてしまった荷物に目を向ける。

もうお別れだと思うと、本当に悲しかった。

フランツだって、これまですれ違ってきた客の一人でしかない。

初めて四日間も一緒に過ごして、初めて生でやっちゃって、トラブルもあったけれど、それも今日で無事終了だ。金だってもらったから貸し借りもない。けれど、そんなふうに自分自身に言い聞かせても、胸が痛むような寂しさは変わらなかった。

背後の電話も、ちっとも終わらない。

フランツは、旭には理解できない言葉で話し続けている。

日本語よりも早口だし、声のトーンも少し高くて、なんとなく楽しそうだ。明るい声の響きや、わからない言葉が気に入らなくて、つい顔を背けると大きな窓の向こうは今にも降り出しそうな曇り空になっていた。

「……降ったら、許さねーぞ」

旭は低く毒づいた。オレだって泣きたくても我慢してるんだ、と八つ当たり気味に窓に向かってパンチをすると、フランツがようやく電話を切った。

「すまない、アサヒ。待たせてしまって……荷物も片づいたから食事に行こう」

フランツの声は弾んでいる。きっと帰国するのが嬉しいんだろう。

日本語が上手で、祖母が日本人であっても、フランツにとって日本は見知らぬ国だ。

生まれ育った国に帰れば、口に合うビールや家族も待っているに違いない。

そんな当たり前のことが気に入らなくて、旭はどんどん機嫌が悪くなってくる。身体が気怠くて、泣きたいほど悲しいのも気に入らない――いや、もっとも気に入らないのは、フランツとの別れに落ち込む自分自身だ。

すごく気持ちがよくて、歯止めも利かなくなってしまうようなセックスを知った後で、これまでと同じように客に対してサービスをする自信なんてない。

だから売り専なんて、もうできないだろう。

旭は、ようやくわかったのだ。

何のこだわりもなく、金をもらえるなら誰とでもセックスができたのは、自分には誰も好きな人がいなかったからだ。自分が心からしたいと思う相手と、セックスをしたことがなかったからだ。だが、今の旭はキスをしたいのも、セックスがしたいのも一人だけだ。もう誰でもいいわけじゃない。だけど――。

「……アサヒ？」

曇り空を睨んで黙り込んでいると、背後から気遣うように名前を呼ばれた。

振り向くと、フランツが心配そうに旭を見下ろしている。遠い国に帰ってしまう二度と会えない人と暗い顔で別れたくなかった。

旭は平静を装って首を振ると、空元気(からげんき)の笑顔を向ける。

「なんでもないよ……ずっと、この部屋にいたから名残惜(なごりお)しくなったんだ。それよりも、成田空港って遠いから見送りには行けないけど、それでもいい？」

荷物運びを手伝いながら訊くと、かまわないよ、とフランツも頷いた。本当は少しでも一緒にいたかったが、空港まで見送りに行ったら号泣しそうだとは言えなかった。

「……ところで、アサヒ。こういう仕事はどうだった？」

「こういう仕事？」

「つまり、いつものような……一晩だけの相手ではなくて、何日も一緒にいて同じ相手と過ごすような仕事は、どうだった？」

そんなふうに訊かれ、旭は返事に詰まった。仕事という言葉に頭が真っ白になる。

もしかして、フランツは昨日、二人で求め合った何もかも全部、客相手のサービスだと思っているのだろうか？

フランツが好きになって、本気で欲しかっただけなのに——旭は愕然(がくぜん)としたが、すぐに誤解されるのも当然だと思い直した。自分は、そういう商売をしてきたのだ。これまで、ずっと。たとえ無自覚であっても。

何も答えられないでいる旭に、フランツは腕を組みながら話を続ける。

「実を言うと、うちの日本支社が来月から東京にできるんだが……できれば、あらためて旭に、その支社長のために雇われてもらえないかと思って」

「……オレが？」

旭が訝しげに問い返すと、フランツは微笑んだ。

「アサヒには、いろいろ助けてもらったし、僕も安心して推薦できるよ」

外国人が慣れない国で暮らすのは心配だし、よくわかっている人が手助けしてくれると心強いだろうし、という説明を聞きながら旭も考える。フランツの働く会社と何かしらの接点を持っていれば、また会える機会もあるかもしれない。これが最後じゃないと思うと心が揺れる。

考え込む旭に、フランツは優しく問いかける。

「アサヒだって言ってたよね？　いつまでも、この仕事を続けるつもりはないと」

その質問には即座に頷く。確かに、もう売り専を続ける自信はない。

それでも、うつむいたままで黙り込んでいると、フランツがさらに言った。

「アサヒさえよかったら……日本に不慣れな支社長の、プライベートの補佐もする条件で大学進学の費用を援助できるように取り計らうよ」

意外な申し出に驚き、旭が弾かれたように顔を上げると、フランツは立てた人差し指を左右に振りながら微笑んだ。

「ただし、これは寄付じゃない。アサヒが今回してくれた仕事を評価して、信頼した上で融資するんだ。ちゃんと大学を卒業して、就職してから返済してくれ」

無利子でいいけど、とウインクをする笑顔に旭は戸惑った。

施しや同情なら断るが、これは悪い話じゃない。フランツは旭のした仕事を評価して、その上で持ちかけてくれたのだから。

そう考えた旭だったが、気になることもあって用心深く問いかける。

「質問してもいい?」

「もちろん」

「その支社長って……やっぱり、男なんだよね?」

「ああ」

「プライベートの補佐って、オレ、よくわかんないんだけど……それって、もしかして、セックスも込み?」

おそるおそる確かめると、フランツは首を振った。

「それはアサヒの判断にまかせる。断る権利はあるから安心して」

ふうん、そうなんだ、と独り言のように呟きながら、旭はうつむいた。

判断をまかせるということは、つまり、フランツは旭が新しい支社長とセックスしてもかまわないということだ。こんな話を用意してくれるくらい、気に入っているとしても、他の男とはセックスをするなとか、させたくないとか、そこまで思ってもらえるほどには気に入られていないらしい。

そう気づいて、旭はがっかりした。

(オレなんか、めちゃくちゃ寂しくって、フランツのおばあちゃんみたいに、ドイツまでついていきたいくらいなのに)

しかし、両思いだったらまだしも、一方的な片思いでは無理な話だ。

そんな旭の気持ちに気づかないフランツは、他にも質問があれば答えるし、雇用条件は相談に応じるよ、と微笑みかけるので、急いで断る理由を探すために質問を考える。

どんなにおいしい話であっても、好きな相手から別の男とセックスしてもかまわないと思われているのに、引き受けるほど落ちぶれたくなかった。それはあまりにも惨めだし、切なすぎる。そうだ、と気づいた旭はあわてて訊ねた。

「その人って日本語は？」

「話せるよ。わりと得意だと思うけど」

日本支社をまかせてもらえることになったのも、それが大きな理由のひとつだから、と答えが返ってくる。そっか、と呟いた旭は口唇を尖らせる。海外に支社を持つ会社には、フランツのようにいろんな国の言葉ができる人が多いのかもしれない、と納得しかけて、ふと新たな疑問が湧き上がった。

旭は怪訝な顔で訊ねる。

「……ねえ、もしかしたら、その人って金髪？」

「ああ」

「身長は？」

「Six feet, three」

「……それって、いったい何センチ？」

旭が訝しげに問い返すと、フランツは顎先に手を当てながら首を傾げて、一フィートは何センチだったかな、おそらく百九十センチぐらいかな、と答える。

「もしかして……目の色はすっごく薄い緑がかった茶色？」

「Hazelっていうんだよ、英語では」

フランツは答えながら楽しそうに微笑んだ。

そんな笑顔を見るうちに、さすがに旭も気づいた。

「だったら、その人って……おばあちゃんが日本人なんだよね？」

そう確かめた途端、微笑んで頷いてくれた長身に駆け寄って、旭は飛びついた。

「オレ、その人、知ってるよ！」

「よかった。気づいてもらえないかもって、ちょっと心配になったよ」

フランツは嬉しそうに囁きながら、旭をきつく抱きしめる。

「さっきの電話は本社からで、支社長に内定したという連絡だったんだよ。とりあえず、一旦は帰国するけど、すぐに日本に戻ってくるよ」

だから待っててくれるかい、と優しい声に囁かれて、頭が真っ白になってしまった旭は何も言葉にできなかった。スーツが皺になると思いつつ、フランツにしがみついたまま、気づくとボロボロと涙がこぼれてくる。

「……アサヒ？」

心配そうに名前を呼ぶフランツに、返事をしなきゃいけないと思っても、子供のように声を上げて泣きじゃくることしかできない。嬉しくて、嬉しくて、ものすごく嬉しくて、自分のためにフランツがしてくれたことの何もかもが嬉しくて、長身にしがみつくだけで精一杯だった。

「フ……フ、ランツ……うっ、ひっく」

「アサヒ、泣かないで」

「……すごいよ、マジですごいよ……オレ、もう二度と、フランツに会えないかもって、めっちゃブルーになってたのに」

「それはひどいな。そんなふうに思われていたなんて悲しいよ。僕がこのまま、アサヒを放り出して帰国できるはずがないじゃないか」

フランツが茶目っ気たっぷりにウインクをしながら、これ見よがしに嘆いてみせると、泣いていた旭も噴き出しそうになった。

「で、でも……」

「ん?」

「日本に来ても、ビールが違うよ? いちいち日本語が上手だって驚かれるし、金髪にも振り向かれちゃうし……気をつけないと、鴨居にぶつかりそうにもなるし」

旭は鼻をすすりながら呟く。

フランツが日本に来てくれるのは嬉しかったが、どう考えても慣れない国で暮らすのは大変そうだ。けれど、そんな旭の気遣いに微笑んで、フランツはこぼれる涙を拭うように目元にキスを繰り返す。

「そうだとしても、僕は祖母に比べたら言葉もわかるし、いつでもアサヒがそばにいて、助けてくれるとしたら、きっと平気だよ」

だから僕と一緒にいてくれるかい、と囁かれた旭は頷きながら、もう一度、しっかりと長身に抱きついた。

「一緒にいる……オレ、フランツと一緒にいたいよ、ずっと一緒に」

その返事はキスにふさがれ、途中から声にならなかった。

互いを貪るような、とろけるような甘いキスに夢中になる。

何度も向きを変えながら深く求め合うキスなんて、旭は初めてでもないのに、それでもこれほど幸せなキスは初めてだった。

どんどん身体が熱くなり、どうしてもキスだけじゃ収まらなくなった旭は、フランツのジャケットの下に手を滑らせる。

ベルトを探り出すと、フランツの手があわてて止めるがあきらめない。

「アサヒ……？」

「オレ、ご飯を食べるよりも、フランツが欲しいよ……ダメ？」

こんないやらしい子は嫌われちゃうかな、と甘えるように上目遣いでねだってみると、フランツは困ったように苦笑していた。

「……アサヒにはかなわないな」

その囁きに旭は喜び、両手を伸ばしてしがみつく。

すぐさま、ソファに押し倒され、服の中に滑り込んできた大きな手に身体中を探られ、あっという間に敏感になってしまった肌が淫らな熱を帯びていくと、スイートルームには会話にならないような二人の甘い声しか聞こえなくなった。

短いようで長く、長いようで短い、三泊四日の日々が過ぎて——旭が手に入れたのは、誰よりも大切に思える、ヘイゼルの瞳を持った優しい恋人だった。

THE HAPPY END

GOLDEN WEEK

「……あ、見て！　東京タワーだよ！　あの近くに、フランツが最初に日本に来た時に、泊まったホテルがあるんだよ」

ほら、あれあれ、とヘリコプターから見下ろす夜景にはしゃぐ矢野旭が遠くに見える東京タワーを指さすと、隣に座っているフランツも身を乗り出した。

二人は夕食に出かけた帰りだ。旭の予備校が終わると、仕事を終えたフランツと一緒にヘリコプターに乗り込み、熱海まで海老を食べに行ったのだ。

新鮮な海老づくしの料理はおいしかったし、ちょっと遠出をしようか、とフランツから誘われた時には、これほど贅沢な夕食になるなんて想像もしていなかったし、飛行機にも乗ったことがない旭は大興奮だ。

「もう通り過ぎちゃったかな、三浦半島は……」

「ミウラハントゥ？」

「ほら、一緒にお墓参りに行った観音崎のあるところだよ。真っ暗なんで、まるで場所がわかんないけど……やっぱり、夜景は都会のほうがきれいだな」

そう呟き、旭はさっきより近づいてきた都心のイルミネーションに目を戻す。すると、フランツに問いかけられた。

「今夜は楽しんでもらえたかな？」

「うん、もちろん！」

「アサヒが楽しんでくれたならよかった」

ホッとしたように言われたことが気になり、旭は不思議そうに首を傾げる。

「え？　フランツだって楽しくない？　こんなに夜景がきれいなんだし」

「夜景は美しいけど、いろんなことを考えてしまうからね」

「いろんなこと？」

「ああ。こんな夜景を眺めていると、その美しさより、これだけの電力消費を維持できる日本の経済力について考えてしまうんだ……この国のＧＮＩや治安、行政といった仕事に関係してくることも」

そんな返事に旭は絶句した。それは考え方が違うというより、視点が違いすぎる。

夜景がきれいだとはしゃいでいる自分は子供だと思い知らされるような気分になると、フランツが苦笑を向ける。

「呆れたかな？　現実的で情緒に欠けると」

「ううん、違うよ。夜景や遠出に喜ぶオレって、ガキだなって……」

「いや、それこそ違うよ。僕は自分が夜景を楽しむよりも、アサヒが喜んでくれるほうが嬉しいし、今夜、夕食に遠出をしたのも、アサヒに喜んでもらいたかったからだ」

「もちろん、チョー嬉しかったよ！」

力の入った返事を聞き、彫りの深い端整な顔が微笑む。

ただ喜んでもらいたかったから、と夕食を食べに行くために、わざわざヘリコプターをチャーターしてくれる、ヘイゼルの瞳（ひとみ）をした優しい恋人は――この春、まさに旭と一緒に暮らすために日本に来てくれたのだった。

一時間足らずの空の旅を終えて、ヘリコプターはビル屋上のヘリパッドに着陸した。

そこから車で帰宅したのは、閑静な住宅街にある八階建てのマンションだ。

つるばらのアーチを抜けた正面エントランスの集合ポストには、横文字の名前ばかりが並んでいる。フランツは現在、この欧米人向けマンションの七階に暮らしていて、そこに旭は居候（いそうろう）中なのだ。

「あー、楽しかった！　夜景はきれいだったし、海老もおいしかったね！」

ちょっと食べすぎちゃったよ、と笑いながら玄関に入るなり、旭はスニーカーや靴下を脱ぎ捨てる。この家の玄関に靴を脱ぐ場所はないが、日本人としての習慣だ。フランツは集合ポストから取ってきた手紙を確かめつつ、ウインクを投げてくる。

「アサヒはデザートを二人分、食べたしね」

「だって、もったいないじゃん！　めっちゃおいしかったよ、小倉アイス！」

そう答えながら、旭は思いっきり背伸びをする。

二十センチも身長差があると、キスをしかけるのも大変なのだ。強引に口唇を奪われ、舌を絡めるようなキスをされたフランツは、旭が離れた途端、顔をしかめた。

「……まだ口が甘いよ、アサヒ」

「デザートのお裾分けだよ」

ヘタクソなウインクを返して、旭は笑う。フランツは甘いものが大の苦手なのだ。旭が食べるのを楽しそうに見ているくせに、ふざけてお裾分けのキスをすると、いつも甘い後味に顔をしかめている。その困った顔を見るのが好きで、いっそう甘いデザートが好きになったのは秘密だ。

フランツは口を押さえたまま、玄関ホールの正面にあるドアを開いた。

ドアの先にあるのは南向きのリビングと、続き間になったダイニングとキッチンだ。モダンなモノトーンのインテリアは備えつけで、フランツのように体格のいい外国人が住むように造られた部屋は、どこもかしこも天井が高くて広々としている。

旭は西側のドアを開き、耳慣れない家事室というハウスキーパー用の小部屋に入る。洗濯機の横に脱いだ靴下を投げ入れ、足早に戻った東側の廊下は手前にゲストルーム、さらに奥にはフランツの使う主寝室がある。キングサイズのベッドに、ウォーク・イン・クローゼットやバスルーム、居心地のいい書斎つきだ。

旭は風呂の用意をすると書斎を通り抜けて、リビング脇にあるハシゴを使い、ロフトに上がった。ウォーク・イン・クローゼットの上になる天井が低いロフトは、斜めについた窓が気に入った旭の部屋代わりだ。ただ、寝る時はフランツのベッドにもぐり込むので、持ち込んだ私物を置いてあるだけになっているが、旭が持つ数少ない家具であるチープなカラーボックスの上には両親と祖父の位牌が並んでいる。

「じっちゃん、パパ、ママ、ただいま！」

神妙に手を合わせると、ヘリコプターから見た夜景や夕食に食べた海老など、その日の出来事を亡き家族に報告する。これは旭の日課だ。

「アサヒ、バスタブがあふれそうだったから止めたよ」

「あ、ごめん！　すぐに下りる！」

フランツに声をかけられ、旭があわてて下りていくと、リビングのテーブルに置かれたスマートフォンから着信音が聞こえてきて、思わず、手に取ってしまった。

『Franz, Hilfe! Was ist das...』

通話ボタンを押した途端、早口のドイツ語が洪水のように押し寄せてくる。フランツの名前だけはかろうじて聞き取れたので、旭は寝室に駆け込んだ。

「フランツ、電話！　ごめん、うっかり出ちゃった！」

「ああ、だいじょうぶ。ありがとう、アサヒ……Fred, bitte?」

ネクタイを緩めた手でスマートフォンを受け取ったフランツは電話に出た途端、すぐにドイツ語になる。親しげに愛称を呼ぶ相手は二歳上の兄、フリードリヒだ。

旭は寝室に飾られた写真立てに目を向ける。

枕元に置いてあるのは祖父母と両親、兄弟がそろった一枚だ。

ちんまりと座る年老いた日本人女性の横で金髪の老紳士が微笑み、その後ろに今よりも若いフランツがいる。三人兄弟の末っ子だというのにもっとも身長が高くて、金髪美人の母親似だ。左右に並ぶ姉と兄は厳めしい父親に似た茶褐色の髪をしている。

旭が幸せそうな家族写真を眺めていると、フランツはスマートフォンを肩に挟みながらノートパソコンを開いた。フランツの働く会社は親族経営で、よく電話をかけてくる兄はドイツ本社勤務だというから仕事の話なんだろう。

旭は邪魔をしないように、先に風呂に入ることにした。

本当は一緒に入りたかったし、しばらくバスタブで待っていたが、フランツはちっともあらわれず、待ちくたびれた旭はバスルームを出た時には逆上せそうになっていた。

しかも、キッチンの冷蔵庫から水のボトルを取ってきて寝室に戻ると、とっくに電話は終わっていたのか、フランツはリビングでテレビのニュース番組を見ていた。

「……オレ、お風呂で待ってたのに」

「ああ、すまない。一人で入るよ」

旭が文句を言っても、長身はそそくさとバスルームに消えていく。

水のボトルを抱え込み、ソファに座った旭は舌打ちする。

フランツと暮らし始めて、旭の生活は激変した。それも非常に恵まれたものに。

ただ、それでも唯一、どうしても気に入らないことがある。恩知らずと言われようと、気に入らないものは気に入らないのだ。

「……アサヒ？　まだ寝ないの？」

シャワーを浴びただけらしく、瞬く間に戻ってきたフランツはグレーのパジャマ姿だ。

それを見ただけで旭の不機嫌は倍増した。バスローブでもないなんて、頭からタオルを被ったまま、素っ裸で待っていた自分はなんなのだ！

拗ねた顔で水のボトルを差し出すと、フランツが苦笑しながら手を伸ばした。その手を力まかせに引き寄せて、旭はキスをしかける。湿った金髪の生え際から甘く優雅な香りが誘うように漂ってくるのに、口唇を離すとフランツはまだ苦笑していた。

「気が済んだ？」

「済まない！　オレ、セックスしたい！」

「ダメだよ。週末だけって約束したよ。旭は翌日、動けなくなるから」

明日も予備校じゃないか、とフランツは優しくなだめるばかりだ。本当なら毎晩だってセックスがしたいのに、我慢を強いられているのは、もちろん理由がある。

出会ってすぐ恋に落ち、やっと二ヵ月——フランツが帰国していた一ヵ月は、しばしの遠距離恋愛で、毎日ラブコールを送り合い、一緒に暮らせるようになったら、それこそ、めくるめく愛の日々になると楽しみにしていたのに！

だが、二人には切実な問題があった。フランツは背が高くて体格のいい外国人なので、あっちのほうも、とんでもなく大きいのだ！

おかげで最初は局所麻酔薬という荒技を駆使した上で、ようやく合体したくらいだ。しかも、そこまでするほどフランツが好きになった旭はセックスをするたびに、まさに盛りのついた猫のようになってしまう。腰が立たなくなるまで欲しがる旭に、セックスは週末だけにしよう、とフランツが提案するのも当然だった。

だが、あくまでも建前であって、そういう気持ちになってしまったら、もう曜日なんて関係ないと思っていたのに、それは大きな間違いだったらしい。

キスをしたり、抱きしめ合ったり、色っぽいスキンシップはあるにしても、フランツは頑なに約束にこだわって、週末しかセックスをしてくれなかった。それが旭には拷問だ。なにしろ、十代のやりたい盛りだし、フランツと毎晩、一緒にベッドに入り、我慢できる自制心など持っていない。

「フランツが欲しいよ……欲しくて、欲しくて、もう死んじゃいそうだよ！」

長身にすがりつきながら旭は泣き言を漏らした。

ようやく、なだめるようなキスを頰にもらって身じろぐと、頭から被っていたタオルが落ち、湯上がりの素肌があらわになった。あられもなく開いた両脚の間には、キスだけで目覚めた旭自身が震えながら、さらなる刺激を欲しがっている。

「あ……！　んんっ……フ、ランツ！」

フランツは膝をつくと、旭の股間に顔を伏せた。そっと性器を咥え込まれただけで腰が跳ね上がる。金髪をつかんで引き剝がそうとしても快感に流され、まるで力が入らない。なにしろフランツは旭の弱いところを熟知しているだけに、舐められるだけで頭の中が真っ白になって我慢できなくなり、あっけないほど簡単に旭は達していた。

あふれた蜜を拭き、フランツは弛緩した裸身を抱き上げるとベッドに運んでくれる。

「満足した？」

「……オレばっかじゃ、やだ」

「僕はいいから」

からかうように訊かれ、ベッドに下ろされた旭が首にしがみつきながら嫌々をすると、甘えた仕草を笑う気配がした。駄々をこねても、フランツは笑うばかりだ。

どんな誘いをかけても乗ってこない恋人に、旭は口唇を尖らせる。

「もう、オレにうんざりした？」

「まさか」

「だったら、フランツと一緒に気持ちよくなりたい。オレだけじゃ意味がないよ」

「気持ちよさそうなアサヒを見るだけで、僕は充分だが……」

「オレだって、フランツが気持ちよくなってるところが見たいっ！」

「こうしてるだけで気持ちがいいよ」

負けず嫌いの減らず口にも、フランツは生真面目に答えながら笑っていた。

けれど横に滑り込んできた長身に抱きつくと、大きなものが存在を主張している。

「ねえ、これ……舐めちゃダメ？」

「また顎が痛くなるよ」

「痛くなってもいい」

「僕は嫌だな。アサヒに無理をさせているのに、気持ちよくなれるはずがない」

真顔で即答され、返す言葉もない。確かに、フランツのものは旭の口では咥え込めず、意地になったせいで顎が外れそうになったことがあり、それ以来、どんなにねだっても、口での奉仕をさせてくれないのだ。

「……あの時、あんなに意地になんなきゃよかった」

「後悔は役立たずって言うだろう？」

「違うよ、後悔は先に立たずって言うんだ」

時折、本当に顎が外れそうになるボケをかます恋人に、旭は苦笑する。

あやすように抱きしめてくれるフランツのものは、いまだに落ちつく気配がない。旭も切ないが、フランツだってつらいだろう。売り専で覚えたテクニックも無用の長物だし、本当に役立たずだ。だが、そう思った瞬間、不意に旭はひらめいた。

「ねえ、フランツ！　素股だったらいい？」

「……スマタ？」

訝しげに問い返され、こうやるの、とパジャマに手を滑り込ませる。

緩く勃ち上がったものを引きずり出して自分の股間に挟み、ぎゅうっと締めつけると、それだけで肉塊は力を増した。嬉しくなった旭が抜けないように両脚を擦り合わせれば、汗ばむ肌の滑りがよくなり、次第に動きも速まっていく。

「ほら、これなら、どこも痛くないよ。だから安心して気持ちよくなって？　あ、オレ、また気持ちよくなってきた……フランツは？」

そう囁きかけるだけで、股間に挟み込んだ肉塊が反応し、いっそう興奮してしまう。

「困ったな……アサヒの身体は、どこもかしこも気持ちがいい」

そんな切なげな返事とともに顔中にキスが降ってきて、はち切れそうになった旭自身を大きな手のひらで扱かれ、あまりの気持ちよさに全身が反り返った瞬間——股間に挟んだ固い肉塊を力一杯、締めつけてしまった。

一瞬、互いの身体が緊張し、ほとんど同時に絶頂を迎える。

吐精の余韻に朦朧としながら目を向けると、ヘイゼルの瞳が微笑む。それを見ただけで安心した旭は、あっという間に意識を失い、幸せな眠りについたのだった。

目覚ましのアラームが鳴った途端、旭は時計に手を伸ばす。もぞもぞと身じろぎ、自分を抱きしめる腕を抜け出そうとすると、肩胛骨のあたりに、チュッと音を立てながらキスをされた。

「Guten Morgen」

「おはよー、フランツ……今、なんて言ったの？」

時計のアラームを止めながら旭は首を傾げた。馴染みのない言葉がわからずにいると、まだ眠たそうなヘイゼルの瞳が開いた。

「……この状況で交わす挨拶は？」

「んーと……愛してるとか、昨夜は最高だったとか？」

そんな返事に噴き出したフランツは、笑っているうちに目が覚めてきたようで、大きく伸びをしてから起き上がった。パジャマを脱ぎながらバスルームに向かう長身の背中を、旭も素っ裸のままで追いかける。

「ねえねえ、フランツ！　さっきの言葉は？　どーゆー意味？」

「英語だったら、Good Morning」

えー、なーんだ、と呟く旭にフランツは微笑んで、シャワーブースに入っていく。寝る前にのんびりと風呂に入る日本人とは違い、ドイツ人は朝、起き抜けにじっくりとシャワーを浴びるものらしい。生活習慣の違いは多くて、つき合っていたらキリがない。旭はさっさと洗顔を済ませると服を着て、窓のブラインドを上げていく。

夜明けの空は薄暗いが、今朝は気分がいい。

昨夜は、週末でもないのにエッチができたからだ。

素股はこれからも積極的に活用するべきだな、とほくそ笑みながらキッチンに入ると、コーヒーメーカーに豆をセットし、ジューサーにバナナと牛乳とヨーグルトを放り込む。バナナシェイクが出来上がった頃には、挽(ひ)き立てのコーヒーのいい香りが漂い始めて、フランツも書斎にやってきた。湿った金髪のまま、バスローブでノートパソコンを開いた恋人にコーヒーを運び、旭もバナナシェイクを片手に問題集を開く。

フランツは毎朝、ドイツ本社と連絡を取っている。家主が起きて働いているのに居候が寝ているわけにはいかない。フランツはかまわないと言っても、それは旭の仁義に悖(もと)る。それで一緒に早起きし、勉強することにしたのだ。

これはこれで有意義だが、フランツが旭のデスクも書斎に用意すると言い出した時には断るのに苦労した。いちいちデスクに向かって勉強する習慣がないから無用だと説得し、なんとか撤回してもらったのだ。

今も寄せ植えの鉢が並んだ出窓の前、本棚に挟まれたベンチが旭の定位置だ。膝の上で問題集を開きつつ、出窓には参考書やグラスを置けるし、フランツも目の前に座っているから、旭にとっては最高に居心地がいいポジションなのだ。

窓の外も明るくなった頃、ようやくフランツはノートパソコンを閉じた。

「そろそろ時間かな。アサヒ、朝食に行こう」

「オレ、もう着替えちゃったから、この問題まで解くよ」

わかった、とフランツは書斎を出ていく。朝飯前の一仕事を終えたら朝食だ。

金曜は旭の予備校の一時間目の授業がないので、時間に余裕があるから近所のカフェに行くことが多い。問題の答え合わせをしてから、出かける支度をして寝室を覗き込むと、金髪を乾かしたフランツがウォーク・イン・クローゼットで着替えていた。

ずらりと高そうな服が並ぶ中、手前に出したライトグレーのスーツに合わせてシャツやネクタイを選ぶ長身に、最近、気づいた疑問を投げかけてみる。

「ねえ、フランツって普段はモノトーンが多いのに、仕事だと明るいグレーやベージュのスーツが多いよね？」

「ああ。普段は好きな色を着ているけど、仕事には向かないから」

たいていの日本人は僕よりも小柄だから、黒い服だと無用な威圧感を与えてしまって、仕事に悪影響が出るかもしれないし、と説明しながら、シンプルな白いシャツを手に取るフランツに、ふと思いついた旭は指さす。

「オレ、そっちの奥にある青いシャツがいい。金髪がよく映(は)えるから」

たわいもない恋人のおねだりに、フランツが微笑む。

けれど旭は洋服ぐらい、好きなものを着てもらいたかったのだ。

深夜や早朝まで仕事に追われ、夜景を眺めても日本の経済を考えて、スーツの色にまで気を遣っているような働き者の恋人に。

だから細いラインが入った青いシャツを手渡し、ネクタイも勝手に決めてしまう。

「うーん、そうだな。この銀色がかっこいいよ、マフィアみたいで！」

「僕は一応、管理職なんだが……」

フランツは苦笑しつつも旭の勧めるままに着てくれると、腕時計が並ぶ引き出しから、シャツと色を合わせて、文字盤がブルーのメタルベルトを選んでいるのがおしゃれだ。

「もう行こうか、アサヒ。急がないと朝食の時間がなくなる」

「えー、まだ全然平気じゃん？　余裕だよ」

鏡に映る恋人の姿を眺めて満足していた旭は、フランツが腕にはめたばかりのオメガの文字盤を確かめる。だが、フランツは首を振った。

「今日は予備校の先生から、保護者面談に呼ばれているんだ。だから、いつもより早めに出なきゃいけない」

そう言われ、旭がスーツの腕にしがみついたままで凍りつくと、フランツは続ける。

「予備校で保護者面談があると、どうして教えてくれなかったんだい、アサヒ？　先生が心配して、連絡先だった僕のオフィスに電話をくれたんだよ」

「せ……先生？」

「進路指導を担当している多田先生」

そう聞いた途端、旭は目も口も丸くなった。

（あ、あ、あのオッサン……余計なことをしやがって〜〜〜！）

「矢野くんは、勉強が足りないの一言ですね。模試の結果を見る限り」

そう断言されると、旭は顔を引きつらせながら隣のフランツの表情を窺った。

春から通い始めた予備校の面談室で見せられたのは、先週受けた模試の成績表だ。

カフェで朝食を食べる間も、迎えに来た社用車の中でも、フランツが保護者面談に来る必要はないと訴えたが、それが無惨な成績のせいだと思われるのは悔しい。

「……いきなり見せたって、意味がわかるはずないじゃん」

旭は不機嫌を隠さずに抗議すると、フランツの前から成績表を奪い取った。

だが、銀縁眼鏡をかけて孤高の研究者然とした雰囲気を持っている、この予備校講師の多田さんは、そっけない口調で答える。

「保護者の方に来ていただいたんだ。成績について報告するのは当然だろう？」

「でも、フランツは日本に来たばっかりだから、高卒認定試験とか大学受験のことだってよく知らないんだし、保護者面談に来る必要なんかない」

「そんなことはないよ、アサヒ」

「だって！　フランツは仕事だって忙しいのに……」

「忙しくても必要だったら時間は作る」

旭と言い合ってから、フランツはあらためて多田さんに向き直った。

「ご覧のように、僕は彼から頼りにされていません。日本の教育制度にも詳しくないので多田先生にお世話になることも多いと思います」

これからもよろしくお願いします、と金髪を深々と下げて日本風のお辞儀をする。

外国人の口からこれだけ流暢（りゅうちょう）な日本語が出ると、多田さんも目が丸くなった。

旭も最初は驚いたから気持ちはよくわかる。実際、フランツの日本語は旭よりも丁寧で正しいが、今の言葉には間違いがあった。

「……オレ、フランツを頼りにしてるよ？　ホントに、頼りにしてないから保護者面談を知らせなかったわけじゃないよ」

弁解する旭をヘイゼルの瞳が疑わしそうに見ると、多田さんが口を挟んだ。

「ひとまず、保護者の方が矢野くんの成績や進路に関心を持っていらっしゃるというなら問題はありません。お目にかかって、それが確認できただけで充分です」

「会うだけで充分なんですか？」

フランツが訝しげに問い返すと、多田さんはにこやかに頷いた。

「ええ。実はベルガーさんを保護者面談にお呼びしたのは、いったいどんな相手のために矢野くんが足を洗ったのか、それが気になっただけですから」

「……た、多田さんっ！」

「いいじゃないか、彼も知ってるんだろう？」

あっさりと開き直る多田さんに、旭は心の中で地団駄を踏む。

（くっそー！　なんで、オレは多田さんのいる予備校に入っちゃったんだろう！）

だが、まさに後悔なんて役立たずだ。

もともと多田さんは、旭がフランツと出会う前に——売り専だった頃、拠点にしていたバーの常連で、自分で学費を稼いで大学に入ると決めた時、バーテンダーに予備校講師の客がいると教えられ、紹介してもらったのだ。

高卒認定試験の相談に乗ってほしかったので、無料でサービスするといっても、丁重に断られるほど好みじゃなかったのか、客になったことはないが、ビールを奢ったくらいで勉強を見てくれた恩もあり、彼のいる予備校に決めた安易な選択が今は恨めしい。

旭はきっぱりと売り専をやめたのだ。フランツを好きになったから。

拠点にしていたバーも挨拶のために顔を出したのを最後に、もう二度と昔の知り合いに会わないと決めていた。しかし、当然ながら予備校には多田さんがいる。どこで会っても知らぬ存ぜぬを通すのが暗黙の了解なのに、こんなおせっかいには困惑してしまう。

動揺する旭にかまわず、フランツは平然と問い返した。

「つまり、多田先生。面談の目的はアサヒの保護者の面接だったんですか？」

「そう受け取っていただいてもかまいません」

多田さんは率直に頷き、旭を睨んだ。

「これは、おまえが悪いぞ。保護者面談に誰も来ないとか言うから、どんな相手なのかと心配になったんだ。知らせていないとは思わなかったからな」

そう叱られ、旭は仏頂面になる。

こっちだって直接、フランツに連絡するなんて思わなかったのだ。

しかし、多田さんは、おせっかいな昔の知り合いじゃなく、気さくな予備校講師の顔に戻るとドアを示した。

「ともかく面談は終了だ。矢野くんは教室に行きなさい。二時間目から授業だろう」

「やだ！　これじゃ、フランツが誤解するるじゃん！　予備校に昔の知り合いがいるなんて誤解されそうだったから心配で……だから、オレ、仕事も忙しいから、保護者面談なんか来ないほうがいいと思っただけで！」

旭は息もつかずに一気にまくし立てた。自分が天涯孤独で、売り専をしていたことは、フランツだって知っている。ただ、それでも昔の知り合いと恋人が差し向かいで話すのは抵抗があったのだ。

すると逆ギレする旭に、フランツは落ちつき払った声で言った。

「いいかい、アサヒ。僕は誤解なんてしないよ。そもそも、そんなことを気にするなら、こうやって日本に来たりしない」

そう告げると、フランツは力づけるように旭の肩を抱いてくれる。

だが、途方に暮れた旭がうつむくとチャイムが鳴り、多田さんが苦笑した。

「とにかく教室に戻れ。今は勉強が先だ。こんな成績だと高認に合格するのは難しいぞ。その先に大学受験だって控えてるのに」

「……高認の試験もこれからなのに、その先のことなんて考えられないよ」

甘えたことを言うな、と叱咤（しった）する言葉は正論だったが、憮然（ぶぜん）としたままで面談室を出た旭の背後では、フランツと多田さんが礼儀正しく挨拶を交わしていた。

旭との関係など、おくびにも出さない二人は大人の顔だ。

それだけに自分の子供じみた空回りが虚しく思える。

階下に降りるエレベーターを待ちつつ、すっかり落ち込んでしまった旭がうつむくと、フランツが励ますように背中を叩いてくれた。

おそるおそる優しいヘイゼルの瞳を見つめ返すと、ちゃんと言わなければいけない、と思っていた謝罪が口からこぼれた。

「……保護者面談のこと、黙っててごめんなさい」

「いいんだ、アサヒ。言いにくかったという気持ちは理解しているつもりだ……だけど、多田先生にあんまり心配をかけないように」

問い返すように旭が見上げると、いたずらっぽいウインクが飛んでくる。

「実は少々妬いてるんだ。僕の他にもアサヒを心配する人がいて」

狭量な恋人を許してほしい、と耳元で謝罪するフランツに、なんだか嬉しくなった旭はエレベーターに乗り込んだ途端、背伸びをしながら囁いた。

「安心していいんだよ、フランツ……多田先生はただの知り合いで、昔のお客だったら、この予備校に通ったりしないよ、絶対に」

そう告げながら腕にしがみつくと、さりげなく抱き寄せられる。

甘く優雅な香りを鼻先に感じ、旭はたまらなく幸せな気分になった。

ただ、フランツの思わぬ本音を聞けたのは嬉しかったが、会社に直接、連絡するなんて真意を測りかねる多田さんのおせっかいには困ってしまう。

大好きな恋人と暮らし始めても、旭の毎日は多事多難だった。


その日の夕方。予備校が終わると、フランツからメールが届いていた。

帰りに会社に寄ってほしいという内容に、またしてもヘリで夕食か、と思うが、今日はハウスキーパーが来てくれる日なので外食はないはずだ。

旭は首を傾げながら、ひとまず了解と返信する。

地下鉄から降りて地上に出てくると、明日からゴールデン・ウィークが始まるせいか、人通りの多い街はにぎやかだった。

旭は受験生だし、フランツの会社も多国籍企業なので、日本の連休なんて無関係だが、一緒に過ごせる時間が多少は増えるかも、と思うと浮かれた気分になって、鼻歌混じりに並木道を歩きながら、外資系企業や大使館が並んだ一角に出る。

フランツの会社は屋上にヘリパッドがある高層オフィスビルの中にあって、正面玄関のプレートには［BERGERS Japan Inc.］と刻印されている。

バーガーズといってもハンバーガーショップではなく、ベルガーという名字を英語風に読み変えただけで、古くを遡れば、フランツの祖父のそのまた祖父ぐらいが兄弟と一緒にライン川沿いで食料品や日用雑貨を取り扱う店を開いたのが始まりで、そのせいなのか、今でも創業者の一族による親族経営が続いているという。

デパートというよりもスーパーマーケットかな、とフランツは笑っていたが、ドイツに本社を置き、支社は欧米を中心に十数社、店舗数は五十以上もあって、総合小売業種では世界で第二位の売上高を誇るという。その上、環境汚染に関心が高いドイツのお国柄か、しゃれた店舗に並ぶ商品も自然環境に配慮されたものが多い。

先日、都心に第一号店がオープンすると取材が殺到し、テレビでも取り上げられたし、日本での知名度は低いが、欧米では有名なチェーンストアだと紹介されていた。

旭は特別に用意してもらったＩＤカードでビルのセキュリティゲートを抜けると、直通エレベーターで重役専用フロアに上がる。Ｔシャツや洗いざらしのジーンズで歩くような場所ではなかったが、社長室のドアを押し開くと、フランツが出張で日本に訪れた時から秘書をしている巻き毛の美女がデスクから微笑みかけてくる。

「ちわッス、翠さん！」

「まあ、旭くん、いらっしゃい。ちょっと待って、フランツは来客中なの」

彼女は終業時間らしく、デスクを片づけながら長い爪の指先で電話機を操作している。

旭は最初、秘書が親しげに社長の名前を呼んでいることに目が丸くなったが、欧米だと珍しくないらしい。しかも、この美人秘書はフランツの居場所を常に把握しているので、旭も緊急時のために連絡先を教えてもらったほど有能なのだ。

「フランツ？　旭くんが到着したわ」

『ああ、通してくれ。ミドリはもう帰ってかまわないよ、お疲れさま』

内線電話を切った翠さんはウインクすると、旭に向かって奥にあるドアを示す。

客がいると聞き、一応、パンパンと服の埃を払って、ドアをノックすると、どうぞ、と聞き慣れた声が返ってくる。

旭が元気よくドアを開くと、フランツが微笑んでいた。

デスクにもたれかかった長身は、窓から射し込んでくる西日を浴び、輝くような金髪が青いシャツに映えている。やっぱり、よく似合っていると嬉しくなってしまう。

けれど、そう思った瞬間、知らない声が聞こえた。

「……フランツ、まさか、この子かよ？」

社長室にある大きなソファには、埋もれるように知らない人が座っていた。

すっと立ち上がっても、やたらと小柄だ。旭より目線が低い。濃紺のビジネススーツを着込んでいても黒目がちな瞳が目立つ童顔で、黒髪も四方八方に飛びはねているせいか、はっきりいって新入社員のコスプレをした中学生に見えなくもない。

思わず、旭がしげしげと眺めてしまうと怖い顔で睨まれ、たじろいで後ずさる。

だが、そんな空気に気づかず、フランツはにこやかに言った。

「いきなり、呼び出して悪かったね、アサヒ。実は彼に紹介したかったんだ……ニシキ、僕の恋人のアサヒだ」

そう言うと、フランツは旭にも彼を紹介してくれる。

「彼の名はニシキ・サトー。アメリカのボストンにあるハーバード・ビジネススクールに留学していた頃、一緒に学んだ同期生なんだ」

「……矢野旭です。はじめまして」

ぎこちなく挨拶をする旭に、彼は押しつけるように名刺を差し出す。

けれど、受け取った名刺が英語ばかりで読めずに困っていると、フランツがさりげなく手を伸ばし、ひっくり返して裏側を見せてくれた。そちらは日本語だった。

IFC、世界銀行グループ、国際金融公社、シニア・インベストメント・オフィサー、佐藤仁志起（さとうにしき）。

目に入った文字を声には出さずに呟き、ぷぷっ、と旭は噴き出してしまった。

サトウニシキ——佐藤錦（にしき）といったら、サクランボだ。

失礼だと思ったが、目の前にいる小柄で童顔の彼には似合いの名前だと考えていると、突然、大声で怒鳴りつけられた。

「おい！　どんな美少年が来るのかと思ったら、十人並みじゃん！　フランツの恋人は、オレが知る限り、少なくとも可愛い女の子ばっかりだったのに、何を血迷って、いきなり男なんて……しかも、こんな生意気そうなガキ！」

「失礼じゃないか、ニシキ。しつこく会わせろって言うから呼んだのに」

唖然とする旭に代わり、フランツが言い返しても、仁志起さんはまくし立てる。

「そりゃ、会いたくもなるだろう！　突然、日本に赴任してきて、海老のうまいところを教えろだの、教えた途端にヘリで行ってきた、喜んでくれたって報告されて、その恋人が十代の男で知り合ったばかりだって聞いたら！」

誰だって、どんな魔性の美少年にだまされているんだって思うよ、と呆れ返った口調で詰め寄られても、フランツは肩をすくめる。

「そんなことは大きなおかげさまだ」

「違うよ、フランツ……それは大きなお世話」

こんな時でも真顔で間違えるフランツに、旭は脱力しながら訂正した。

すると、仁志起さんが意外そうに目を向けてくる。

「すっげえ！　オレ、初めて見たかも……フランツのヘンテコ日本語を注意したヤツ」

「……え？　なんで？　だって、後悔役立たずとか、嘘は能弁とか、腐っても食べるとかめちゃくちゃおかしいじゃん」

「いや、アサヒはいつも違うって言うけど……」

「だって違うし！　正しくは後悔先に立たず、嘘も方便、腐っても鯛だってば！」

「いやいや、みんな笑っているし、誰も違うだなんて……」

「おもしろがってるだけだよ！」

不満そうなフランツに、旭は容赦なく言い返した。

こんなに日本語がうまいのに、時折、突拍子もない勘違いが飛び出し、どうして今まで誰からも指摘されなかったんだろう、と首を傾げていた旭は、責めるように仁志起さんを睨みつけたが、当の本人は腕を組んで思案顔だ。

「フランツはおばあちゃんっ子で、のほほんとしてるお坊ちゃんだし、このイキのよさにまんまとだまされたのか？　それとも、不毛にも自分の足りない部分を恋人で埋めようと思ったのか？」

嫌味っぽい言葉に旭が顔をしかめると、フランツがきっぱりと答えた。

「僕はだまされていないし、不毛でもないよ」

「そうかな？　どうして言い切れるんだ？　それに、男に身体を売っていた恋人なんて、友達なら心配するのは当然だ」

その言葉に旭は凍りつく。どうして知っているのか、と問いかけるように見上げると、フランツは毅然とした表情で言い返した。

「ニシキ、心配してくれてありがとう。だが、気持ちは有り難いが、断片的な情報だけでわかったつもりにならないでほしい。それにアサヒはまだ未成年だし、今は予備校に通うごく普通の学生だ。それを踏まえて言葉を選んでもらいたい」

すると、仁志起さんは憮然としながらも頷く。

「……わかった。今のはオレが悪かった。ごめん」

「わかってくれればいいよ」

フランツは謝罪を受け入れ、仁志起さんの肩を叩いている。

短い言葉で理解し合う二人に、旭は少し妬けてしまった。なんとなくうらやましくて、そんな自分自身の感情を持て余していると、フランツが振り向いた。

「アサヒ、僕からも謝罪する。本当にすまなかった……ニシキがやたらと心配するので、事情を説明しているうちに、僕が口を滑らせてしまったんだ」

そう謝罪され、旭は首を振った。

いきなりだったから驚いたが、事実は事実だ。

それを知った仁志起さんが不信感を持つのも当然だし、責めるつもりはない。

もちろん、フランツの仕事に差し障りがあるといけないから、二人が恋人であることや旭が売り専をしていたことを公言するつもりはないが、たとえ足を洗ったとしても以前の知り合いは覚えているわけだし、今さら後悔しても自分がやったことは消せない。

それはわかっていたが、どんなにフランツが好きであっても、もし何かあったら一緒にいられなくなるのかも、と思っただけで目の前が真っ暗になってくる。

すると、すぐ横にフランツが近づいてきて、旭の肩を気遣うように抱いてくれた。

そのぬくもりにすがりつきたくなるが、さっきから両手を腰に当てて意味ありげな目を向ける仁志起さんの前では無理だ。

そう思っていると、仁志起さんが唐突に言った。

「よし、決めた！　今夜はフランツんちに泊めてくれ」

「どうして？　きみは東京生まれの東京育ちで、家族と暮らす家があるだろう」

「だって実家は留学中、オレの部屋を物置にしちゃって、帰っても段ボール箱の山の中で寝るしかないし……ともかく、このガキとフランツが暮らすスイートホームを見学して、本当にだまされてないか、オレが確かめてやる」

「ニシキ、勝手に決めないでくれ」

「いいじゃん、会うのは一年ぶりなんだし」

そんな言葉を聞いて、驚いた旭はフランツを見上げた。

「……そんなに久しぶりなんだ？」

「卒業して仕事を始めると、なかなか会えなくてね」

「ボストンにいた頃はひとつ屋根の下、朝から晩まで一緒だったけどな」

「朝から晩まで？」

仁志起さんの言葉を訝しげに繰り返すと、フランツが急いで補足してくる。

「一年目の途中から、キャンパスの学生寮を出て、ニシキを含めた同期生三人で一軒家を借りてたんだよ」

誤解を招く言い方はやめてくれないか、と文句を言いながらフランツが睨みつけても、仁志起さんは動じない。

「誤解も何も、授業が大変で、朝から晩まで一緒に勉強してたじゃん」

「一緒に勉強していたのは、スタディ・グループのメンバー全員じゃないか。だいたい、その中にはニシキの恋人もいたと思うが？」

「あ、それを言うのか？　だったら、オレを泊めてくれないなら、フランツがボストンでつき合ってた女の子の名前をすべて言っちゃうぞ？」

仁志起さんがニヤリと意味ありげに笑うと、フランツも鼻で笑った。

「言えるものなら言ってもらおうか」

「おう、言ってやる！　一人目は知らないけど、二人目が景子(けいこ)サンで、その次は……」

あわてて口を塞(ふさ)ごうとしたフランツはするりと逃げられ、ゲラゲラと笑われている。

指折り数えつつ、すばしっこく逃げ回っている仁志起さんは楽しそうだ。忌々(いまいま)しそうに舌打ちするフランツも、本気では怒っていないように見える。

そんな二人を眺めていると、本当に仲がいい友人だと伝わってくるだけに、なんとなく複雑な気分になってしまう旭だった。

「すみません！　おかわり、いいですか？　こんなうまいメシ、久しぶりで」

「ええ、遠慮なくどうぞ。仁志起さん」

「いやー、感激ッス！　こういう和食って海外だと食べられなくって」

料理を褒められ、エプロンをつけた年配の女性が頬を染める。

週に三回、フランツの家に来るハウスキーパーの花枝(はなえ)さんは確かに料理上手だ。外国人宅が専門なので世界各国の料理に詳しいが、豆ご飯にアサリの味噌汁(みそしる)、菜の花のわさび醬油和(じょうゆあ)え、温野菜を添えた豚肉のポット・ローストといった季節の食材を使った家庭料理もとてもおいしかった。

「ハナエ、本当にすまない。いきなり人数が増えてしまって」

「急に押しかけて、こんなごちそうが食べられるって、オレってラッキーだな」

「そんな、ごちそうだなんて……ただの家庭料理ですよ」

フランツのねぎらいや仁志起さんの褒め言葉に、しきりと花枝さんは恐縮する。

けれど、その横で豆ご飯をかき込みながら旭は呟く。

「でも、確かにごちそうだよ。普通の手料理ほど滅多に食べられないし」

それは旭の本音だ。上京してからは特に温かな手料理に縁がなかったので、ごく普通の家庭料理や一緒に食卓を囲む人がいることが何よりの贅沢だと骨身に染みている。

しかし、旭の同意を得ても、仁志起さんは鼻で笑い飛ばした。

「なんだよ、わかったようなことを言うガキだな」

ガキ、ガキ、と自分よりも背が低い人から言われるのは妙な気分だ。

しかし、強引に泊まると決めて、勝手に押しかけてきてからは花枝さんもいるせいか、仁志起さんの態度はやや軟化し、休戦状態といった雰囲気だ。

彼はビジネス・エリートの学位とも呼ばれるＭＢＡ——経営学修士を取得するために、アメリカのボストンにある名門ハーバード・ビジネススクールに留学し、そこで二年間、フランツと同期だったと教えてくれた。

「でも、オレは純ドメだし、海外生活も留学も初めてだから苦労したんだよ」

「……純ドメって？」

「純粋ドメスティックの略だよ。生まれも育ちも生粋の日本人ってこと。それで英語での授業についていけなくて、お先真っ暗になってたら、日本語の上手なフランツが日本人がつまずきそうなポイントをまとめてくれて助かったんだ」

はっきりいって同期の日本人はほとんど世話になったよな、と仁志起さんはフランツの肩をバシバシと叩く。

「それに関しては、お互いさまだよ。僕も日本人のみんなにフィードバックをもらって、いろいろ勉強になったから」

にこやかに答えるフランツに、旭は横から突っ込んだ。

「それでも、おかしな言い間違いは誰にも直してもらえなかったの？」

「つーか、フランツぐらい日本語が上手だと、ちょっとぐらい間違ってても、気の利いた冗談に聞こえるからな」

仁志起さんがまことしやかに答えるが、旭は納得できなかった。

「でも、おかしいよ！　腐っても食べるなんて！」

「だけど腐っても食べるのは、物を粗末にしないドイツの国民性に即してるぞ」

「屁理屈だ、お腹を壊すよ」

「屁理屈も理屈のうちだ。それに腐ったものを食った程度で、ドイツ人は腹を下さない。オレの知るイギリス人が言ってたぞ、質実剛健で頑丈なことだけが取り柄だって」

「ニシキ……頼むから、アサヒに偏見を持たせないでくれ」

食事中にふさわしくない会話に、フランツが額を押さえながら呻くように口を挟むが、仁志起さんは箸を行儀悪く振り回して続ける。

「だって知ってるか？　ドイツって国は、戦争で焼けた教会の、崩れた瓦礫（がれき）を拾い集めて建て直そうとする国なんだぞ？」

「……が、瓦礫を集めて？　それってマジで？」

　驚いた旭が問いかけるように目を向けると、フランツは苦笑気味に頷いた。

「ドレスデンの聖母教会（フラウエンキルヒェ）の再建工事は、世界最大のジグソーパズルと言われたよ」

「すっごいよな。十年以上もかけて、もともとの設計図と照らし合わせて崩れたレンガを元の場所に戻しながら、欠けている部分だけを新しいもので補うっていうのは……いくら物を粗末にしないといっても限度があるぞ？」

　仁志起さんがドイツ人を陽気にこき下ろすと、フランツも笑いながら問い返す。

「それを言ったのは、イングランドの伯爵だろう？」

「ううん、中東のプリンス」

　お互いにしかわからない会話で楽しそうに噴き出した二人を見ていると、旭はなんだか複雑な気分になる。自分でもよくわからない不可解な感情だ。

　すると食事が終わったのを見計らい、花枝さんがデザートを運んできてくれた。

「フランツさん。明日からお休みをいただきますが、いろいろ作りおきしたので連休中に召し上がってくださいね」

「ああ、ありがとう、ハナエ。ご苦労さま」

ガラスの器に盛られたイチゴを受け取りながら、フランツが礼を言う。

連休中はハウスキーパーもお休みなので、次に来るのは一週間以上も先になるのだ。

「ゲストルームの準備をしたら、帰らせていただきますが……」

「あ、それはオレがやるよ。今夜はお客さんがいたから遅くなっちゃったし」

「まあ、旭さん、ありがとうございます。助かります……それじゃ、その前に、こちらを仏様に差し上げてくださいな」

「……あ、すみません」

真っ先にイチゴに手を伸ばしていた旭は、彼女が取り分けてくれた小皿を恐縮しながら受け取った。祖父と両親の位牌は目立たないように置いてあるが、花枝さんは掃除の時に気づいたようで、いつも気を利かせてくれるのだ。

すると、フランツも声をかけてきた。

「ねえ、アサヒ。この家にも神棚を用意したほうがいいのかな？」

「……神棚？」

「仏様だったら仏壇だぞ」

「ご位牌を置くためでしたら、ご仏壇ですわね」

突拍子もないことを言われて驚くと、仁志起さんが口を挟んできて、花枝さんも横から助け船を出し、フランツは咳払い（せきばらい）をしながら頷いた。

「じゃ、それだ」

旭はそっけなく即答した。納得がいかない顔のフランツを無視して、さっさとロフトに上がって、イチゴを供えてから帰宅する花枝さんを見送り、ゲストルームに向かう。

ベッドメイクをしながら、書斎に旭専用のデスクを用意すると言われた時にも苦労して断ったことを思い出し、次は仏壇かよ、と憂鬱な気分になってくる。

案の定、戻ってくると、リビングに移動したフランツは顔をしかめていた。

それを仁志起さんに笑われているようだが、ソファに座った二人の会話は英語らしく、まったくわからない。気後れした旭がリビングの手前で立ち止まると、先に旭に気づいた仁志起さんが早口で話しかけてくるが、やっぱり聞き取れなかった。すると、フランツが片手で制した。

「ニシキ、もう日本語で」

「ふん、フランツに教えてもらえ。語学って恋人から教わると上達が早いぞ」

日本語に切り替えた仁志起さんが意味ありげに笑いながらフランツに目を向けるので、気になった旭は訊ねた。

「……フランツも、日本語は恋人に習ったの？」

「祖母や、ニシキにも教わったよ」

その返事は微妙だ。オフィスで仁志起さんにからかわれたことが悔しかったし、嫉妬は狭量で情けないと思うだけに、昔のことなら変に気を回されたくない。

「昔の恋人のことだったら気にしないけど？」

「アサヒ。僕は昔のことだから気にしたわけじゃない。以前の恋人は女性ばかりだから、不快になるかと思ったんだ」

「……そんなことで？」

わざわざ教えてくれたのに失礼だが、旭はその答えに拍子抜けしてしまった。

すると、仁志起さんが茶化すように口を挟んでくる。

「なんだよ、ガキのくせに余裕じゃないか」

「だって、そんなことで嫌な気持ちになったりしないよ……フランツはゲイじゃないって言ってたし、だったら昔の恋人は女の人ばっかりに決まってるじゃん」

そう答えるとフランツが鼻白むが、仁志起さんは噴き出した。

「……笑うなよ、ニシキ」

「いや、笑うだろ。なんつーか、これまでとは勝手が違うようだし」

「確かに、服や宝石じゃ喜んでくれないしね」

「待ってよ！　オレは女じゃないんだから、貢いでもらう必要なんかないよ。ただでさえタダメシ食わせてもらって、ここに居候までしてるんだから！」

旭はあわてて抗議した。なにしろ、身寄りもない未成年には金がかかるのだ。だから、うっかりすると援助交際だ。もちろん、経済力は比較にならないだけに、学費を無利子で借りるのは仕方がない。保証人もいない旭に学資ローンを組ませてもらうようなもので、必ず返すつもりだし、日本での生活を助けてほしい、と同居するのもかまわない。居候で生活費が浮くのは歓迎だし、仕事が忙しいフランツと受験生の旭は一緒に過ごせる時間も限られる。少しでもそばにいたいから、甘えさせてもらっているのだ。

だが、そうであったとしても、何もかも頼るつもりはない。

「これ以上、オレのために無駄にお金を使わないでよ！」

旭は真剣に訴えたが、フランツは考え込んでいる。どうやって説得すればいいんだ、と困ってしまうと、またしても仁志起さんが笑い出した。

「……すっげえな、ガキのくせに！　ちゃんと一人前じゃん！」

「一人前ってなんだよッ！　フランツに、めちゃくちゃ迷惑かけてんのにッ！」

「いいから、迷惑ついでに仏壇くらい買ってもらえ。このドイツ人は少々危なっかしくて手を貸したくなるような日本人の恋人を助けるのが大好きなんだから」

「いらないっ！」

旭が一言で突っぱねると、フランツの表情がいっそう曇った。しかし、ことあるごとに示される際限ない厚意に、いちいち甘えていたらキリがないのだ。

旭はあえて、仁志起さんに向かって訊ねた。

「ねえ、外国にも仏壇ってある？」

「日本とまるっきり同じものはないけど、写真とか飾るのはよくあるよ」

「写真なら、いつだって持ってるもん」

そう答えた旭はポケットを探り、キーチェーンを手繰り寄せた。

引っぱり出したのは、肌身離さずに持ち歩いている両親と祖父の形見だ。

「お、ロレックスの年代物だ」

「じっちゃんの形見だよ、こっちは死んだ両親の結婚指輪」

めざとい仁志起さんに答えながら、旭がキーチェーンから外してテーブルに置いたのは文字盤が錆びついている古びた腕時計とプラチナの細いリングが二個、さらに小さな銀のロケットだ。爪を引っかけて蓋を開くと、フランツと仁志起さんも覗き込んでくる。

母親の遺品でもあるロケットに上京する時に入れてきた写真は、両親と並んだ小学校の入学式と祖父と一緒に撮ったプリクラの二枚で、どちらも思い出深いものだ。

「これで充分なんだ。だから、オレは他にいらないよ」

安心させたくて、ことさら明るく言うと、フランツが腕時計に手を伸ばした。

「この時計、動いてないね」

「うん。壊れてる」

「持ち歩くなら直したほうが……」

「だって修理代、すっごく高いんだもん」

以前、ロレックスのコレクターだという客に見てもらったら、修理とかメンテナンスは万単位になると教えられたのだ。確かにアンティークだしな、と頷く仁志起さんの横で、フランツはじっと腕時計を見ている。

「じっちゃんの形見だから売るつもりもないし、壊れてたって問題ないんだ」

そう告げると、旭は腕時計をしまおうと手を伸ばした。

けれど、ひょいとフランツの手が上がって逃げられてしまう。

「……この時計、僕が修理を頼んであげるよ」

「なんで？　そんな必要ないって」

そう叫んだ旭はあらためて手を伸ばし、腕時計を奪い返す。フランツは傷ついたように顔をしかめるが、旭はそそくさとキーチェーンに戻して、腕時計やロケットをポケットに突っ込んだ。すると意外にも、仁志起さんが間を取り持つように言った。

「形見なら修理して使ったほうが、おまえの祖父さんも天国で喜ぶんじゃないか？」

「喜ばないっ」

断言するなよ、と苦笑を向けられても旭は黙り込む。

頑なな態度を崩さずにいると、フランツが降参したように溜息を漏らした。

「悪かった。無理強いするつもりはないんだ。僕はアサヒを喜ばせたいだけで」

「一緒にいるだけで充分だよ」

「アサヒは、そう言ってくれるけど……僕は恋人の喜ぶ顔が見たいよ」

だったら週に一度のセックスじゃ嫌だと言いたいが、さすがに仁志起さんもいる場では口にできなかった。

気まずい沈黙が続くと、またしても仁志起さんが頬杖をつきながら口を挟んできた。

「だけど、ロレックスの修理代なんて、ヘリのチャーター代より安いぞ？　熱海の料亭のメシ代で何個も修理できるだろうし、ガキのしょぼい脳みそじゃ考えつかないところにも金はかかってるんだから、フランツの財布なんか気にしても無駄だぞ」

そんな指摘に旭が顔色を変えると、フランツが片手で顔を覆う。

「……ニシキ、いったいどっちの味方だ？」

「うーん、はっきりいって、オレはどっちの味方でもない……つーか、オレはフランツがゲイ・スキャンダルで左遷されたり、卑怯な連中に利用されたりして、こいつの過去が暴露されるとか、そういうのが見たくないだけ」

そう言われ、さらに旭は愕然とした。

確かに、旭のせいでフランツが卑怯な脅迫を受けたことがあるのだ。

あんな迷惑を二度とかけたくないと思っても、自分の過去が消えるわけじゃない。

二人が出会うきっかけになったフランツの日本への出張だって、ゲイ・スキャンダルで左遷された人の代理だったたし、当然、フランツにも同じようなことは起こりうるのだ。

「それに、フランツの家族も心配してるんじゃないか？　いくら仕事でも、こんなに急に日本に行くとか住むとか、反対されなかったのか？」

仁志起さんの言葉に旭はギクリとするが、フランツは即座に首を振った。

「いや、それはない。僕は以前から、いずれ必ず日本に行くと言っていたから」

「……そうか、そうだな。有名なおばあちゃんっ子の親日家だもんな」

仁志起さんが頷きながら笑うと、フランツも微笑む。

その時、フランツの祖母のことを知る彼は、本当に親しい友人だとわかった。

学校を離れ、滅多に会えなくても、恋人を紹介できるほど信頼できる友人なんだと。

そう気づいたら、なんだか無性に彼がうらやましかった。


雲ひとつない真っ青な空の下、昼過ぎのサッカースタジアムは混雑していた。

人の波から頭ひとつ分は高いところにある金髪を見つけた旭は、大きく手を振りながら駆け寄ると関係者ゲートから入れてもらって、ようやく一息ついた。

連休中であっても、土曜の午前中は予備校の授業があり、キックオフに間に合うように最寄りの駅から全力疾走してきたのだ。

「すぐわかったよ！　フランツの金髪は目立つから」

微笑むフランツはサングラスをかけて、Ｔシャツにブラックジーンズを合わせたラフな服装が休日らしい。ビシッと決めたスーツ姿も好きだが、パーカーにカーゴパンツの旭が並んでも、ちっともおかしくない格好が嬉しかった。

「ねえ、かっこいいね、そのサングラス」

「実用品だよ。こんなに天気がいいとまぶしくて、よく見えなくて」

「ガキは知らないのか？　フランツみたいな色素の薄い目は直射日光に弱いんだよ」

背後から罵声を浴びて振り返ると、仁志起さんがふんぞり返っていた。

それにしても、Ｔシャツにハーフパンツというラフな格好だと年下にも見えてくるし、本当に小柄で童顔な人だ。

「……あ、そういや、チケットは？」

旭が訊くと、フランツが首から提げる関係者用のパスを手渡してくれる。

仁志起さんが朝、フランツのコネでチケットが取れると聞き、夕方まで時間があるからサッカー観戦に行こう、と言い出したのだ。いくらなんでも当日は難しいんじゃないかと思ったが、ちゃんと用意してもらえたらしい。

珍しげに関係者用パスを眺めていると、周囲が騒がしくなった。

若い女性が次々と振り向くので、このへんに芸能人でもいるのかと見回して、ああ、と気づいた。こんなに人が多い場所に、フランツのような金髪のハンサムな外国人がいて、目立たないわけがないのだ。

だが、そんな周囲を気にかけることなく、仁志起さんはフランツと歩いていく。

小柄で童顔でも余裕たっぷりだし、本当にうらやましいというか、昨日の夜からずっと旭は複雑な気分だ。彼が泊まったので、フランツのベッドにもぐり込むわけにもいかず、初めてロフトで寝たし、両親や祖父の位牌に手を合わせても出てくるのは愚痴ばかりで、寝つきも悪かった。鼻先にまとわりつくように漂う優雅な甘い香りがないと、あんなにも寂しいとは思わなかったのだ。

二人から遅れがちに歩いていた旭は、フランツから手招きされ、警備員の立つゲートを通り抜けて、ロイヤルボックスに用意されていた関係者席に入れてもらった。

そこは飲み物や軽食のサービスがあったので、フランツと仁志起さんはノンアルコールのビールをもらって、昼食がまだだった旭は大きなホットドッグをもらってかぶりつき、試合前から盛り上がる観客を眺めていると、スタンドの後方にずらりと並んだ企業広告が目に入った。

ひときわ大きな看板には［BERGERS］のロゴもある。

「ねえ、フランツ、見て見て、あれ！」

旭が興奮気味に立ち上がって指で示した先を見て、フランツが頷きながら微笑む横で、仁志起さんが納得したように呟く。

「……ふーん、あの看板のおかげで、この関係者席か」

「ああ。とにかく今は名前を覚えてもらわないと」

「海外では有名でも、日本じゃ無名だしな……あれくらいの大きさだと、看板の広告料は一億以上か？」

「そうだね。選手のユニフォームは胸元のロゴが三億、肩が一億だったかな」

桁違い（けたちが）の金額を聞き、旭が目を丸くする横で、二人は平然と広告料の話を続けている。

(そんなにお金がかかってるとは知らなかったな、スタジアムの看板に……仁志起さんが言ってた通りで、オレのヘナチョコな脳みそじゃ考えつかないようなところにも、お金がかかってるんだな)

そう独りごち、ホットドッグを平らげた旭は溜息を漏らした。

それでも、こんなスタジアムでのスポーツ観戦は初めてだったし、来たがるだけあって仁志起さんは大盛り上がりだ。話を聞くと、彼は黒帯の武道家でスポーツ好きらしい。

しかも留学中、草サッカーのチームでも一緒だったというフランツと仁志起さんの話を聞きながら、試合を観戦するのは楽しかった。

だが、どちらにも点が入らないまま、前半終了を告げるホイッスルが鳴ると、どうやら着信があったのか、フランツがあわててスマートフォンを取り出した。

「ニシキ、しばらくアサヒを頼んでいいか？　緊急連絡なんだ」

ちょっと外で話してくる、と言われ、仁志起さんは即座に頷いた。がっかりする旭とは大違いだ。頭では仕方がないと理解できるが、どうしても感情がついていかない。

「すぐに戻るよ、アサヒ」

そう言いながら子供のように頭を撫でてもらって、自分が情けなくなるが、優しい手にあやされているのも事実だ。ロイヤルボックスの階段を駆け上がっていく金髪の長身を、つい目で追いかけてしまうと、仁志起さんに頭を叩かれた。

「そんなに拗ねるなよ、仕方ないだろう。管理職は休みでも店舗は営業中なんだ」

「……別に、拗ねてなんか」

言い返す声が我ながら本当に拗ねていて、旭は口唇を尖らせるしかない。

けれど彼の指摘で、ようやく旭も気づいた。連休も始まって、店舗は稼ぎ時なのだ。

オープンして間もないし、トラブルがあったら連絡が来るのも当然だろう。

ただ、そうわかっても気持ちは複雑だった。ハーフタイムなので観客はにぎやかだし、さっき見つけたバーガーズの看板も、やたらと目に入ってくる場所にあるから、いっそう苛立ってくる。

するとところを見ていたのか、仁志起さんが頬杖をつきながら言った。

「……ガキにはわかんないだろうけど、親族経営の会社ってのも大変なんだぞ？　一族の御曹司だからこそ周囲の目だって厳しいし、新規支社の立ち上げには問題が山積みだし、ちゃんと軌道に乗せないと即刻左遷だ」

その言葉に驚いたように旭が顔を向けると、仁志起さんがためらいがちに続ける。

「昨日、おまえには内緒だからって英語で話してたけど……フランツは四年以上、日本にいたいから必死なんだってさ」

四年以上、と独り言のように繰り返し、旭は呆然とする。

それは、もしかしたら自分が大学を卒業するまで、ということだろうか？

フランツが日本に来てくれて、一緒にいられるだけで幸せで、そんな先のことまで旭は考えたこともなかった。

「まあ、そんなに一緒にいたいなら、転勤になっても赴任先に連れていけばいいのにって思うんだが……バーガーズの支社は欧米が多いし、留学先には事欠かないぞ」

仁志起さんからニヤリと笑いかけられ、旭は拗ねた顔で言い返す。

「……オレ、英語できないもん」

「恋人に教われよ。上達も早いし、内緒話もされずに済むぞ」

旭は顔をしかめた。けしかけるような言葉の真意がわからなかった。

ガキだの、十人並みだの、さんざんバカにされたし、一軒家での共同生活の話だって、気になって仕方がない。試合の後半が始まっても、ちっともフランツは戻ってこないし、訊くなら今しかないと旭は思った。

「ねえ、ずっと訊きたかったんだけど……仁志起さんが、フランツの恋人として、オレを気に入らないのは……オレが、男だから？」

「バーカ、全然違うよ。言っておくが、同性の恋人なんて海外に行くと珍しくもないぞ。オレはそれより、おばあちゃんっ子のフランツが日本人ばっかりとつき合う、その趣味が気に入らないんだ。黒髪で黒い目で、そんなのばっかりで」

仁志起さんは吐き捨てるように呟くが、旭はさらなる疑惑でいっぱいになった。なにしろ、その条件は彼だって当てはまる。祖母の話をされるほど信頼されているし、ガキで十人並み、その上、隠さなければならない過去がある自分とも違う。

「どうした？　おまえにも気に入らないことがあるのか？　フランツに不満があるなら、オレから言ってやってもいいぞ？　遠慮しないで言ってみろよ」

旭が黙っていると、仁志起さんは勝手に勘違いして、わかったように言ってくる。それが無性に悔しくて、旭は気づいたら大声で言い返していた。

「ふ、不満なんて……そんなの、ひとつっきゃないよ！　決まってるだろ！　セックスが週に一回しかないってことだよッ！」

そう怒鳴りながら立ち上がった途端、周囲の観客まで総立ちで歓声を上げた。ちょうどゴールが決まった瞬間だったようで、おかげで旭の声も聞かれずに済んだが、そんなことはどうでもよかった。間近で怒鳴られ、耳を押さえながら真っ赤になっている仁志起さんを残し、旭は階段を駆け上がり、ロイヤルボックスを飛び出した。

試合中で、がらんとする通路を走っていくと、不意に腕をつかまれた。

驚いて見上げれば、フランツだった。

どうやら、電話が終わって戻ってきたところにかち合ったらしい。

「……アサヒ？」

「オレ、先に帰る」

「帰る？　具合でも悪いなら一緒に……」

「いい、一人で帰る。仁志起さんもいるから」

「平気だよ。ニシキには後で連絡するから。アサヒのほうが心配だ」

あっさりと返され、旭は口唇を噛む。即座に平気だと言ってしまえるほど、フランツに信頼されている仁志起さんがうらやましかった。一点の曇りもない信頼は二人の間にある絆を見せつけられた気がして、醜い嫉妬が口からこぼれそうになる。

腕をつかむ手を振り解こうとして暴れると、フランツが顔を覗き込んできた。

「……アサヒ？　どうしたんだい？　いったい、何が気に入らないんだ？」

「オレが教えてやろうか、フランツ！」

その声に振り向くと、追いかけてきたのか、まだ顔が赤い仁志起さんが立っていた。スタジアムの広い通路で、近くに誰もいないことを確かめてから、フランツに向かって声をひそめて囁く。

「このガキ、週に一度じゃ不満なんだって」

その言葉に動揺したようにフランツの手が緩んだ瞬間——旭は身を翻し、脱兎のごとく逃げ出した。背後から呼ぶ声にはかまわず、サッカースタジアムを出て、クラクションを鳴らされながら道路を横切り、足が動かなくなるまで走った。

走っている間、驚きに見開かれたヘイゼルの瞳が、ずっと頭から離れなかった。

駅前の広場に座り込み、旭は夕焼けに染まった街を眺めていた。

連休が始まっているので、ＪＲと私鉄が乗り入れる巨大な駅の繁華街は、いつも以上に混雑していた。売り専だった頃、このへんは庭のような場所だった。予備校にも近いし、少しもなつかしいとは思わなかったが、行く場所もなく途方に暮れるうちに、気づいたら足が向かっていたのだ。

キーチェーンを手繰って、スマートフォンを取り出すと、着信が増えていたが、相手はわかっているだけに気が重い。何もかも無視しつつ、登録してある電話番号をぼんやりとスクロールするが、かけられるような相手は一人もいなかった。

東京に出てからの知り合いは、ほぼ売り専がらみだ。

売り専の仲間やバーのマスター、アダルトショップの店長、いつも親身になって相談に乗ってくれた看護師――そんな番号ばかりだから、もう誰にもかけられない。

思い返すと、売り専の頃は気楽だった。

学費を稼ぐことだけを考えて、がむしゃらに頑張っていればよかった。

もちろん、ヘビーなこともあったが、勉強を見てくれた多田さんのような人もいたし、寿司を食わせてくれたり、形見のロレックスを調べてくれた客もいた。

（……それから、ものすごく背が高くて、めちゃくちゃ日本語の上手な外国人も）

厳密には、フランツは客ではないし、セックスだって最初はちゃんとできなかったが、気づいた時には好きになっていた。帰国する時は寂しくて泣きそうだったし、旭のために日本に来てくれると知った時には嬉しくて涙が止まらなかった。

嬉しくて、嬉しくて、ずっと一緒にいたいと思ったが――それがかなうと、自己嫌悪に苛（さいな）まれるようなことばかりだ。

どう考えても、自分はフランツに迷惑をかけて、リスクばかりを背負わせている。

売り専だと知られたら、誰だって反対するのが当然だ。男だし、どうってことない、と考えた自分は浅はかだったが、売り専をしていなかったらフランツにも出会えなかったと思うと、泣き笑いの顔になってしまう。

フードを目深に被ったまま、旭は膝の間にうつむいた。

両親や祖父を亡くし、生まれ育った場所も捨て去るように出てきた。

売り専だった頃の知り合いも、足を洗うと決めた時に切り捨てた恩知らずだ。

今頃、フランツだって呆れているに違いない。

初めから無理な話だったのだ。中卒で身寄りもなく売り専をしていた旭が、ハンサムな金髪の外国人の御曹司とうまくいくはずがない。短い間だが、世話になった礼を言って、荷物をまとめて出ていくしかない。そう覚悟を決めたのに、どうしても足が動かず、旭は座り込んでいた。

すると、不意に自分の前に立ち止まった人影があった。

「……こんにちは、矢野旭くんですか？」

フルネームを呼ばれ、驚いて顔を上げると、見覚えのない男がいた。

売り専だった頃、客には名前しか教えなかったから、生まれ故郷の知り合いかと記憶を掘り起こしていると、再び、問いかけられ、おずおずと頷けば、少々お待ちください、と答えた男は、すばやくスマートフォンを取り出し、どこかと連絡を取っている。

「該当人物の身柄を確保しました……はい、異常は見受けられません」

身柄だの、確保だの、補導されると思った旭が急いで立ち上がって逃げようとすると、引き留めた男はスマートフォンとともに名刺を差し出す。

お話しください、と押しつけられ、訝しげに名刺を見ると、会社名とともに並んでいる業務内容——極秘調査、家出人捜索という文字が目に飛び込んでくる。

しかも、手渡されたスマートフォンから聞こえてくるのは、外国人とは思えないくらい流暢な日本語だった。

『……アサヒ？　ああ、見つかってよかった！』

ジタバタと暴れまくった旭は、声をかけた男の仲間に挟まれたまま、駅前の広場近くで待機していたワンボックスカーの後部座席に押し込まれ、フランツの待つマンションまで送り届けられた。

彼らは興信所の調査員で、その仕事はフランツに旭を引き渡すまで終わらないようで、玄関の中に入るまで解放してもらえなかったのだ。

すると、玄関ホールで腕組みをしていた仁志起さんが感心したように言った。

「すごいね、こんなに早く見つけられるとは思わなかったよ」

「以前の資料がありましたし、こういった場合には前にいた場所に戻ることが多いので、捜索の目安がつけやすかったことが幸いしました」

そう答えた興信所の調査員は、こちらが請求書です、とフランツに書類を差し出す。

だが、そのサインをする手元を、こっそり盗み見た旭は、ずらりとゼロが並んだ金額に大声で叫んでしまった。

「なっ、なんだよ、これ！　めっちゃボってんじゃん、こんな大金！」

「失礼だよ、アサヒ」

「いらん心配をかけるガキが悪い」

フランツと仁志起さんからたしなめられ、さすがに旭も黙るしかなかった。

興信所の調査員が帰ると、仁志起さんはリビングに移動しながらフランツの受け取った明細書を横から奪い取って確認し、仏頂面の旭に言った。

「これは妥当な金額だぞ？　連休中に人を集めて捜索をしたんだ。人件費と緊急手当で、これくらい軽く吹っ飛ぶ」

「……だけど、そんな無駄なお金！」

「もちろん、オレは止めた。でも、フランツは捜索願を出すって言い張るし、警察よりもマシだと思ったから、フランツの会社で使っている興信所に頼めって勧めたんだ」

警察よりも早くて確実だしな、と仁志起さんは肩をすくめる。

するとと想像もしていなかった状況で連れ戻され、いまだに混乱している旭の目の前に、フランツが立った。だが、どうしても気まずくて黙り込んでいると、ヘイゼルの瞳が旭を見下ろしたまま、静かに訊ねた。

「……アサヒ。答えてくれ。本当に、僕に不満があるのか？」

前置きもない直球で訊かれ、旭は口ごもった。

不満と言ったら贅沢に思えるが、自分を捜し出すために大金を使うフランツを見たら、やはり心は重くなる。

「オレ、嫌なんだ……オレのために、フランツが無駄なお金を使うのが」

「それならアサヒを見失い、僕はどうするべきだったんだろう？　昼間の待ち合わせで、アサヒはすぐに僕がわかったと言ったよね？　でも、その逆は難しい。あの混雑の中で、どうやっても僕はアサヒを見つけられなかった」

そう告げられ、旭は絶句する。

確かに、旭がフランツを見つけるのは簡単だが、その逆は困難だろう。

「突然、手を振り払われて見失い、アサヒが行きそうな場所もわからない僕が、少しでも早く見つけたいと専門家に頼ることが、そんなに無駄なことだろうか？　それとも自分の力で捜せない恋人に愛想がつきた？」

「……ち、違うよっ！」

「でも、予備校の保護者面談を知らせてくれず、大切な形見の品も預けてくれないのは、僕を信頼していないからだろう？　ずっと不満があって、いずれ出ていくつもりだから、書斎のデスクや仏壇もいらなかったのか？」

「待ってよ！　それは全然違う！」

「僕は、アサヒにとって……もしかして、セックスだけの男なのか？」

「そ、そんなんじゃないって！」

思わず、旭は拳を握りしめて言い返した。そんな疑問を持たれたことが悲しかった。セックスだけが目的なら、もっと簡単に入る相手で充分だ。怖いくらいに大きくても、それでも欲しかったのは、相手がフランツだったからだ。

一方的に誤解されることに耐えられず、さらに旭が言い返そうとすると——パンパンと手を叩く音が聞こえてきた。

「タイムアウト！　もう時間切れだ。痴話ゲンカのオブザーバーも楽しかったが、オレ、いい加減、成田に行かないと」

すっかり存在を忘れていた仁志起さんが、どことなく赤くなった顔で肩をすくめると、ソファから立ち上がった。しかも、キョトンとしている旭を手招きしつつ、仁志起さんは自分の荷物をつかみながら言う。

「実はオレ、一時帰国中で、今夜の便で勤務先のワシントンDCに戻るんだ。ともかく、フランツはしばらく一人で頭を冷やせ。その間、ガキはオレの見送りにこいよ……ああ、オレを見送った後で戻りたくなかったら、とっとと逃げちまえ」

「……ニシキ！」

「オレは最初から強引に連れ戻すのは反対だった。このガキが肉親の位牌も置いたまま、本気で戻らないと思ったのか？　信じてないのはフランツのほうだ」

仁志起さんは辛辣な口調で言い捨てると、答える言葉を失ったフランツを一瞥した。

そして、じゃあな、泊めてくれてサンキュ、と言いながら問答無用に旭の腕をつかみ、小柄なわりには強い力で引きずるようにしながら玄関を出る。

「くそっ、ギリギリじゃねーか！　タクシーがつかまる道まで案内しろよ」

乗り遅れたらバーガーズを訴えてやる、と腕時計を見ながら舌打ちする仁志起さんと、つるばらのアーチを抜けてマンションを出ると、すでに空は暗くなっていた。

タクシーがつかまりそうな国道に出て、道沿いに歩きつつ、すっかり混乱してしまった旭が黙り込んでいると、仁志起さんが話しかけてきた。

「……あのさ、フランツはあの通り、ハンサムなお坊ちゃんで、すごくモテるんだけど、ちっとも続かないいんだよ」

「続かない……？」

「うん。モテるだけあって、次から次に新しい恋人は見つかるんだけど……ただ、オレはフランツの恋人を、それこそ何十人も知ってるけど、自分のために無駄な金を使うなって怒ってる恋人は初めて見た」

驚いて立ち止まった旭の足を乱暴に蹴り飛ばし、仁志起さんはニカッと笑う。

「それにフランツぐらい日本語がうまいと、マジで多少おかしなことを言っても、誰もが冗談だと思うせいか、何も言わないもんなんだよ」

そう話しつつ、ようやく空車のタクシーを見つけた仁志起さんは、すかさず手を挙げて停車させると振り向く。

「あのお坊ちゃんを、これからも手加減なしで鍛えてやれよ。またしばらく会えないって思ったから余計なおせっかいもしたけど……少なくとも、おかしな日本語を言った時、笑ってごまかさない恋人なら、オレは反対しない」

じゃあな、と仁志起さんはタクシーに乗り込み、あっという間に行ってしまった。

旭は呆然とするしかない。反対しないと言われても、という気分だ。

トボトボと来た道を戻りながら、このまま逃げてもいい、と言われたが、自分のことで頭がいっぱいで、心配させたことや誤解させたことは謝らなければいけないと腹を括り、マンションに戻った。いつものように玄関で靴を脱いで、リビングに入ると、フランツは疲れ果てたようにソファに座り込んでいた。

「ただいま……仁志起さん、ちゃんと成田に向かったよ」

そう声をかけて、リビングに入っても返事はなかったが、おずおずと近づいていくと、フランツが顔を上げた。

「アサヒに言わなきゃいけないことがある」

「な、何……？」

「僕は帰国していた間に……さっきの興信所に依頼して、個人的にアサヒに関わることを調査してもらった」

旭はキョトンとした。そんなことをする理由がわからなかった。

ただ、さっきのように自分のために、無駄な大金を使ったことだけはわかった。

「知りたいことがあるんなら、オレに訊けばいいのに」

ぼそりと呟くと、フランツはチラッと旭を見て、そっけなく言った。

「だったら初めて会った時、僕が泊まるホテルの部屋に、アサヒを送り込んだ男の消息を知っているかい？」

「え、えっと、あの脅迫してきたヤツ？　……み、溝口だっけ？」

あの中年男の消息など興味がなかったし、まるで知らなかった旭は目を白黒させたが、フランツは淡々と告げる。

「彼は人事異動で千葉の倉庫係だ。逆恨みをしないか、心配で調べさせたんだ」

フランツは立ち上がって、絶句する旭を抱き寄せながら囁く。

「臆病な男だと笑ってもいいよ……でも、アサヒがそれまでの生活を捨てて、僕の元に来てくれたのが嬉しかったから、どんな不安からも守りたかった……そのために、僕には必要なことだったんだ」

きつく抱きしめられると、その腕の強さに胸が痛くなる。

旭が考えたこともないような不安を、フランツは抱えていたのだ。

自分の価値観だけで、旭がフランツには迷惑をかけたくない、自分のために無駄な金を使ってほしくない、と思っていたように。

フランツが告白してくれたからには、自分も誤解を解かなくちゃいけないと思った旭は正直な気持ちを伝えようと決心する。

「……オレ、書斎の机とか仏壇がいらないのは、出ていくつもりだったからじゃないよ。保護者面談のことを言わなかったのは、昔の知り合いを誤解されたくなかったからだし、じっちゃんのロレックスは……」

口ごもった旭は、フランツの腕の中で身じろぎすると、キーチェーンを手繰り寄せて、その先についた祖父の形見を外し、熱い体温を感じる手のひらに押しつけた。

そして、壊れた古い腕時計を手のひらに載せたまま、問いかけてくるようなヘイゼルの瞳を見つめ返す。

「……まだ気が変わってなかったら、これ、預けるよ」

「アサヒ？」

「このロレックスは……ホントは、オレだって修理しようと思ったんだ。だけど、これはじっちゃんがまだ元気だった頃、オレに形見でやるから、そのために自分の手で直すって口癖のように言ってたから……だから」

次第に目が潤んでくる旭を、フランツがあらためて抱き寄せる。

旭の祖父は旋盤工で、どんなものでも自分で修理するような職人肌の人だった。

しかし、年齢とともに目も悪くなり、持病が悪化してからは直す、直すと言い続けて、果たせないままで亡くなってしまったのだ。

一度は金を払ってでも直そうと思った旭だったが、高い修理代を言い訳にして、ずっと自分の心をごまかしていた。

「ホントは、オレも直したかったけど、じっちゃんが直してくれるんじゃなきゃ嫌だし、でも、もう無理だから……オレ、ずっと……ずっと」

そう呟きつつ、どんどん声が上擦ってしまう。

これだけは泣きそうになるので、誰にも教えたことがない話だった。

幼い子供のように泣いている自分を恥じ、フランツの胸元に隠すように顔を伏せると、優しい声が訊ねた。

「そんなに大切なものを、僕が預かってもいいのかな？」

「うん、預ける。フランツだったらいい」

旭は力強く頷いた。

このヘイゼルの瞳をした優しい恋人が、思い出深い大切なものを預けるに値する人だと旭が誰よりも一番よく知っている。

祖母から預けられた形見を、はるばる海を越えて運んできた人なのだから。

そんな大切なものを預けてもらったと知り、旭も嬉しかった。亡くなった人との約束を守る人だと知り、その約束を守る手伝いができたことが誇らしかった。

「……あのさ、仁志起さんが言ってたドイツの壊れた教会をレンガを拾って直すって話、オレもわかるんだ。壊れても直して、ずっと大切にしたいって」

ドイツに行ったこともなく、ドイツ語も話せないし、ドイツ人なんてフランツ一人しか知らない。それでも壊れてしまった古いものを粗末にせず、思い出を大切にする気持ちは旭もよく知っている。

「残念ながら、僕はアサヒのおじいさんのように自分では直せない。信頼できるところに修理を依頼することしかできないが」

「いいよ、それでいい。フランツらしいし」

フランツの言葉に頷き、旭は涙に濡れた頰で微笑んだ。

ねだるようにヘイゼルの瞳を見上げると、口唇が優しく奪われた。

そっと触れるだけのキスが、あっという間に貪るようなキスに変わって、与え合う熱に目まいがする。口唇だけじゃなく、頰や額にも熱っぽいキスが繰り返されて、甘く優雅な香りを鼻先に感じていると、ジィンと身体の芯が疼き、さらなる熱を帯びていく。

淫らな期待のままに背伸びをし、屈んでくれたヘイゼルの瞳と見つめ合って、その額にキスを繰り返し——不意に、旭は気づいた。

「……あれ？　フランツ、もしかしたら熱がある？」

旭はあわてて互いの額を押し当てる。

熱っぽいというより、はっきりいって熱い。そういえば、さっきから手のひらも口唇もやたらと熱かった。

「めちゃくちゃ熱いよ、フランツ！　病院に行く？　それとも救急車を呼ぶ？」

「いや、平気だ……寝ていれば治るから、大げさにしないで。ちょっと疲れただけだよ。アサヒが戻ってきて気が緩んだし」

そう言い張られ、とにかく旭は熱っぽい長身に手を貸しながら寝室に連れていく。

しかし、それまで無自覚だったこともあって、熱があると指摘された途端、フランツは急にふらついて、ベッドに倒れ込んだ。

旭は肩を揺すりながら、頰に赤みが増した顔を覗き込む。

「ねえ、フランツ！　フランツってば！　着替えたほうがいいよ、フランツ？」

何度も呼びかけると、ふっとヘイゼルの瞳が開いた。

熱のせいだろうか、透明度を増したガラス玉のような目が瞬きを繰り返し、すっと旭に焦点を合わせる。

「……フランツ？」

名前を呼ぶと、答えるように口唇が動くが、旭は呆然とした。

その呟きは日本語ではなく、まったく意味がわからなかったのだ。

フランツの体温を測ると、三十八度もあった。

旭も上京して二年、誰にも頼らずにやってきたし、それなりの備えはある。

自分の荷物から電子体温計や薬を出すと、フランツをなんとか着替えさせて熱を測り、解熱効果もある鎮痛剤を飲ませて、氷枕も作ったが、目を閉じた彫りの深い顔は汗ばみ、苦しそうな呼吸を続けていた。

フランツは熱が上がったせいか、もう声をかけても返事がない。

だが、返事があっても、また理解できない言葉を返されるのは怖かった。

今すぐ、ここに誰かに来てもらいたくても、仁志起さんは飛行機の中だし、フランツの会社は休みだし、ハウスキーパーの花枝さんもしばらく来ない。

フランツは寝ていれば治ると言ったが、その言葉を信じてもいいんだろうか？

（本当に、ただの疲れならいいけど……もし、このまま死んじゃったら？）

突然の交通事故で亡くなった母、長い闘病生活の末に亡くなった父、持病を悪化させて息を引き取った祖父——優しい手を失った瞬間を思い出すと、不安ばかりが大きくなり、かけられない電話番号ばかりのような役立たずの自分がつらくなる。

その時、ふと旭はひらめいた。

フランツの枕元から離れて寝室を出ると、スマートフォンを引っぱり出して、目当ての電話番号を探し出し、ためらう自分を叱咤しながら発信のボタンを押す。

足を洗った時、昔の知り合いとは二度と会わないと決めたが、今は非常事態だ。

永遠に続くように思えるコールの後、ようやく電話が繋がった。

「もしもし、オレ……旭だけど」

『……あーちゃん？』

「うん……ごぶさたしてます、杏子さん」

緊張に強張った声で挨拶すると、優しい笑い声がこぼれた。

『ホントにごぶさたね。局所麻酔薬をホテルまで届けてあげたっきりよ』

「あの時はマジで助かった。感謝してるよ！　んで、また杏子さんの力を借りたいんだ。すっげえ高熱を出してる人がいて、疲れただけで寝れば治るって言うんだけど、どんどん熱が高くなって……死んじゃう病気ならどうしようって、オレ……オ、オレ」

『あーちゃん、落ちついて』

電話の向こうからなだめられても、無力な自分に泣き言が漏れる。

「だ、だって、オレ、言葉も通じなくって、言ってることもわかんなくて……杏子さん、お願い、助けて……フランツを助けて！」

明け方、夜勤明けに駆けつけてくれた杏子さんに、旭は深々と頭を下げた。

「杏子さん、ホントにごめん、わざわざ……」

「挨拶はいいから、早く患者さんの様子を見ましょう。熱はどう？」

「……あんまり変わってない」

電話で教えてもらって、腋の下にも冷却シートを貼り、氷枕もこまめに取り替えたが、体温計は常に三十八度以上を示し、深夜に一回、三十九度を超えていた。

さっそく寝室に案内すると、杏子さんは慣れた手つきでフランツの状態を確認した。

少々ぽっちゃりした小柄な彼女は、緩く編んだ長い髪や淡いパステルカラーのニットのアンサンブルが、ふんわりと優しげな印象だったが、勤務先の病院では有能な看護師だと聞いたことがある。

「風邪でもないようだし、本人も言うように過労だと思うわ」

「……か、過労ォ?」

旭が問い返すと、杏子さんは苦笑を浮かべながら頷く。

「ずっと忙しかったんでしょう? しかも日本に来たばかりで、慣れない食べ物や気候で疲れが溜まっていたんじゃないかしら。過労死って言葉もあるくらいだし」

「し、死んじゃうのっ?」

「だいじょうぶ。ひとまず点滴するから彼の腕を出して」

震える声で訊く旭に、過労だったらこれで充分、と優しい笑顔が向けられる。

旭がフランツの袖をまくっていると、バッグから取り出したもので点滴の準備を始めた杏子さんは、溶液の入ったパックをつるす場所を探しながら、ふと微笑んだ。

一晩中、旭がいた枕元には問題集と参考書が無造作に放り出されていたからだ。

「あーちゃん、ずっと勉強してたの?」

「眠れなかっただけ。ちゃんと頭に入れれば勉強になるけど」

すると、その話し声に気づいたのか、ふっとフランツが目を開けた。

熱に潤んだヘイゼルの瞳が宙をさまよい、枕元に座った旭を見つめた後で、見慣れない杏子さんを訝しむように止まった。

「フランツ、オレの友達で看護師の杏子さんだよ」

熱が下がるように点滴してもらうからね、と囁きながら熱っぽい手を握ると、ちゃんと通じるか、不安だったが、フランツは熱い息を吐くと再び、目を閉じた。

点滴が始まると、杏子さんは目配せして旭を寝室の外に促す。

「あーちゃんは仮眠する？　点滴の中に眠くなる成分も入ってるし、彼氏はしばらく目を覚まさないわよ」

「んじゃ、メシでも食う。杏子さんもどう？」

「だったら差し入れがあるのよ、一緒に食べましょう」

その気遣いに喜んで頷き、旭は彼女をキッチンに案内した。キッシュとサンドイッチ、作りおきの野菜スープという朝食を、空腹だった旭は一瞬で平らげて、杏子さんの分までもらって頬張ると、彼女の笑顔がさらに綻んだ。

看護師の杏子さんは売り専だった頃、よく顔を出していたバーの常連客だ。

旭に、怖い病気も多いから自分で自分を守るように忠告してくれた人で、フランツとのセックスに困っていた時、彼女が外国人と交際中のキャバ嬢から泣きつかれ、局所麻酔薬を渡していたのを思い出し、こっそりと頼ったのだ。

「あーちゃんが元気そうで安心したわ。あの彼氏が局所麻酔薬の人なのね？」

面と向かって訊かれると恥ずかしかったが、旭は正直に頷いた。

「うん。フランツはドイツ人だけど、おばあちゃんが日本人で日本語が上手なんだ」

「それは知ってるわ、多田さんに教えてもらった」

「……え？」

唐突に、予備校講師の多田さんの名前が出て驚くと、杏子さんは苦笑を浮かべた。

「あーちゃんは足を洗ったって聞いたけど、心配してたのよ。それに興信所からの調査員が調べに来たっていうし」

今の世の中、何が起こるかわからないから、と呆然としている旭の鼻の頭を突っつき、杏子さんは微笑む。

「多田さんも同じだったのか、職権濫用で彼氏を呼び出したって聞いたわよ。ハンサムでノッポな金髪の社長さんで、あーちゃんにベタボレだし、すごく信頼されてるようだって言ってたわ」

「そ、そんな……信頼なんて、オレ」

「あら、あーちゃんがあたしを紹介したら、彼氏は安心してたじゃない」

ごちそうさま、と微笑みかけられて、旭は困ってしまう。

「……で、でもオレ、具合が悪い時に言ってる言葉もわかんないし」

「だいじょうぶ。熱で朦朧として母国語になってしまっても、日本語のわかる人なら頭で理解してるから平気よ。それに世界中、病気の時に言うことなんて決まってるわ」

頭が痛いとか気分が悪いとか、そういうことでしょ、と杏子さんに説明してもらうと、ずっと不安だった旭も緊張が解けていく。

「杏子さん、マジでありがとう」

「どういたしまして。でも、ちゃんとお医者さまにも診(み)てもらってね。救急車や病院とか大騒ぎしなくても、大きな企業なら、かかりつけの病院とか医療機関があると思うから、彼氏の会社に確認したら?」

「……だけど会社はお休みだし、会社に知ってる人なんて」

そう呟いた瞬間、ハッと記憶が甦(よみがえ)る。すっかり忘れていたが、何かあった時のために、旭はフランツの美人秘書の連絡先を教えてもらったのだ。

杏子さんが点滴を片づける間、旭は事情を記したメールを美人秘書の翠さんに送った。

連休だから連絡がつかないかも、と心配したが、すぐさまバカンスでバリ島に滞在する彼女から国際電話が入り、会社で契約しているクリニックにドイツ語を話す人がいるから往診を頼むと約束してくれた。

おかげで、やっと一息ついた旭は、あらためて杏子さんに礼を言った。

「マジで助かったよ。ありがとう、杏子さん」

「いいのよ。あーちゃんが、あたしを思い出してくれてよかったわ」

そう言って以前と変わりなく微笑み、杏子さんは帰っていった。

つるばらのアーチを通り抜ける小さな後ろ姿を、窓から見えなくなるまで見送った後、旭は寝室に戻って、フランツのベッドの脇に引き寄せたソファにうずくまる。

放り出されていた参考書や問題集はきれいに重ねてあり、杏子さんが片づけてくれたと気づいた旭はなんだか泣きたくなった。

杏子さんや多田さんに感謝するとともに、勝手に切り捨てたつもりになっていた人々に謝って回りたい気分だった。

落ち込む旭の気持ちをよそに、フランツは静かに眠っている。

点滴のおかげで、呼吸も楽になったらしい。

しかし、枕の上で乱れた金髪や整った鼻梁（びりょう）を見ていると、祖母から受け継いだはずの日本の血はまったく感じられなかった。そのせいか、日本語を上手に話していたことまで信じられなくなってくると、じっと見つめる旭の視線を感じたように、ふっとヘイゼルの瞳が開いた。

「フランツ、気分はどう？　なんか飲む？」

口唇が乾いていたので訊ねると、小さく頷きが返ってきて安心する。

「ポカリもあるけど果物もいいらしいから、グレープフルーツでも搾（しぼ）ろうか？」

「……ぽ、かり？」

「えっとね、水よりも吸収が早いスポーツドリンク」

それがいい、と言われて頷いた旭はペットボトルに手を伸ばし、ふと固まった。

「に、日本語だ……フランツ」

気怠げに顔を傾けるフランツは、確かに日本語を話していた。

旭は身体中から力が抜けてしまって、情けなくもベッドの横にひざまずく。

「もー、すっげえ心配した……いきなり高い熱なんか出すし、何を言ってるか、ちっともわかんなくて、し、しっ、死んじゃうのかもって……」

嗚咽がこみ上げてきて言葉が途切れ、旭は金髪の枕元に突っ伏した。

髪を優しく撫でてもらうだけで、涙があふれてくる。アサヒ、泣かないで、と囁く声は高熱のせいで、ひどくかすれて痛々しかった。それなのに、どうしても耳慣れた日本語の優しい声を聞いていたくて、いつまでたっても涙が止まらない旭だった。

「だから日本語をちっとも話してくれなくて、譫言までドイツ語だったんだよ？　マジで覚えてないの？　全然？　まったく？」

夕食のデザートにしたグレープフルーツを食べている旭の文句を聞きつつ、フランツは腕を組み、記憶を探るように天を仰ぐ。

「自分が何を話しているか、まったく意識していなかったと思うな。それこそ、ニシキと出ていったアサヒが戻ってきた後は……現実だったのか、それとも夢だったのか」

「じっちゃんのロレックスは覚えてる？」

「あれが夢じゃなくてよかった」

「夢だと思われてたら、オレがショックだよ」

にっこりと微笑みかけられ、旭は肩をすくめる。

だが、こんな軽口が叩けるのも、体温計が平熱を示すようになったからだ。

杏子さんの点滴のおかげか、連休中というのに往診してくれた医師がフランツの体温を測った時は、もう三十七度を下回っていた。その医師も過労と診断し、睡眠と栄養のある食事だけが薬だと言うと帰っていった。

ともかく、やっと熱も下がった二日後、一緒にダイニングで食事も取れるようになり、今夜のご飯はハウスキーパーの花枝さんが冷凍庫に作りおきしてくれたポトフだ。

食事も終わって、寝室に戻るフランツは寝乱れたパジャマのままで、いつもなら颯爽と歩く長身も精彩に欠けるし、さすがに高熱を出したせいか、気怠そうで痛々しかったが、どことなくユーモラスで可愛い。

「あ、フランツ！　寝直す前に身体を拭いてやるよ、待ってて」

旭がキッチンで食器の片づけをしながら、猫背気味になっている背中に声をかけると、フランツがうんざりした様子で唸(うな)った。

「アサヒ、もう平気だ。シャワーを浴びたい」

「もう一日だけ、我慢しなよ。治りかけが一番ヤバいんだから」

連休中に治さなきゃ困るだろ、ともっともらしい慎重論を述べつつ、フランツを寝室に押し戻し、旭は蒸しタオルを作りながらほくそ笑む。

汗ばんだ身体を拭くたびに妙に照れ、やたらと不機嫌になるフランツがおもしろくて、身体を拭きたがっていることは絶対に秘密だ。

でも、よく鍛えられた身体に触れるのは、セックスとは違う楽しさがあるのだ。

パジャマの上着を脱ぎ、うつ伏せになったフランツの背中を熱いタオルで拭きながら、ふと旭は思い出した。

「そういや、オレ、エッチがしたくて、フランツといるわけじゃないからね」

「……アサヒ？　どうしたんだ、いきなり？」

「いきなりじゃないよ、フランツが訊いたんだよ？　セックスだけの男かって」

頭を上げたフランツは首を傾げながら記憶を手繰り、ようやく思い出すと自分の失言を恥じるように赤くなった。

「あ、あれは……アサヒが週に一度じゃ不満だって」

「だって、仁志起さんが不満があるなら代わりに言ってやるって言うから……つい勢いで言っただけだよ。オレはいつだって、フランツとエッチしたいし」

タオルを手にしたまま、ベッドの端に座った旭も照れながら言い訳をする。

だが、フランツは舌打ちをした。

「それこそ大きなお世話だ」

「うーん……だけど、あれは小さな親切だと思うよ」

ささやかなフォローを口にすると、身体を起こしたフランツに抱き寄せられた。

「僕だって……いつだって、アサヒが欲しいよ」

「ホントに？」

「ああ。だから週に一度と決めたんだ」

「……オレが、エッチなことばっかりしたがるから？」

「違うよ。アサヒと一緒だと、僕まで歯止めが利かなくなってしまうからだ……アサヒは男の子だから体力がある分、動けなくなるまで応えてくれるだろう？　おかげで、僕まで夢中になってしまう」

もちろん、残りの人生をすべて、アサヒと二人、ベッドで過ごすのも悪くないけど、と囁いてくれる恋人のキスに幸せを感じながら、真っ赤になった旭は呟く。

「ヤバい、オレ、自信なくなってきた……やっぱり、セックスが目当てかも」

「……アサヒ?」

「ちっともわかんないんだよ、オレ……フランツと抱き合ってると、ものすごく気持ちがよくなっちゃうんだけど、それってフランツのエッチがうまいから? それとも、オレがフランツを大好きだから?」

耳まで赤くなった旭は、おずおずと訊ねる。

今にして思うと、売り専だった頃にしていたのは、セックスの真似事だった。テクニックも何もかも客を楽しませるために覚えたし、それはゲームみたいなもので、相手が感じているとわかると、なんだか勝負に勝ったような気がした。

それに生理的な快感もないわけではなかったが、旭まで夢中になるようなセックスは、ただの一度だってなかった。

一緒に気持ちよくなってしまうセックスは、フランツが初めてだったのだ。

だから、最初はよくわからなかった。

フランツがうまいだけなのかと思っていた。

けれど観音崎に墓参りに行った後で、料亭の離れに布団が敷いてあり、フランツも旭とセックスをしたいんだと思った瞬間、たまらなく嬉しくなった。金をもらっているとか、ちゃんと楽しませなきゃいけないとか、そんな義務感は頭の中から吹っ飛んでいた。

あの瞬間、旭は初めて好きな相手と愛を交わすセックスを知ったような気がする。

「ねえ、教えてよ、フランツ……どっちなんだろう、オレって」

「アサヒ、それを僕に訊いてはいけない」

「……なんで?」

「もちろん、僕の立場では両方だと言いたいから」

そう答えたフランツは微笑みながら、旭の顔にキスを繰り返す。体調を崩している間は使っていなかったせいか、いつも鼻先に漂ってくる甘く優雅な香りはなかった。それでも身体の奥が、ジィンと淫らに疼いてしまう。

「どうしよう、オレ……フランツが欲しくなっちゃった」

「じゃあ、アサヒが自分で確かめてくれ……自分の目や耳や、身体中で」

「ね、オレ……フランツの、舐めたい」

「舐めてくれるだけ?」

「じゃあ、また足の間に挟んであげてもいいよ」

減らず口を笑ったフランツは、旭の服を剥ぎ取って生まれたままの姿にしていく。

ベッドにもたれかかり、自分の膝の上に細い四肢を横抱きにしながら、おねだりをする口唇にキスを繰り返しながら答える。

「あれは確かに気持ちよかった。あれなら週末じゃなくてもできると楽しみだったのに、翌日、ニシキが泊まりに来たせいで、別々に寝たのは寂しかったよ」

「オレも……オレもだよ、すっごく寂しかった！」

同じように感じてくれたことが嬉しくて、旭は広い肩にしがみついて、金髪の生え際や耳元にキスを繰り返した。優しい愛撫（あいぶ）を感じながら交わす言葉は旭を喜ばせるばかりで、期待に張りつめた場所を大きな手に撫でられると背筋がくねった。

気づけば、フランツの手には潤滑剤のローションがあった。手のひらで温めたものを、たっぷりと両脚の間に塗り込まれ、ぐんぐんと膨れ上がっていく正直な欲望も扱（しご）かれて、ねだるように股間を探る手首をつかむ。

「あっ、ああっ、フ、ランツ……も、出る、出ちゃう」

「いいよ、先に出しても」

「一人じゃ、やだ……オレ」

だいじょうぶ、一人じゃない、という囁きとともに手をつかまれ、自分の両脚の間の、さらに下で勃ち上がっている、とてつもなく大きなものを触るように促された。

「……こうなるんだよ、感じているアサヒに触るだけで」

「フランツも気持ちいいってこと?」

「もちろん。だから僕だって、気持ちがよくなっているアサヒを見たいんだ。いっぱい、気持ちよくなって、いっぱい出していいから」

そんな囁きとともに前後を愛撫され、旭が嫌々と首を振っても、煽り立てるような手は少しも緩まなかった。はち切れそうになった性器を大きな手で扱かれ、旭はあられもなく全身を震わせて、あっけないほど簡単に達してしまった。

「オ、オレ、ちっとも我慢できなくって」

「我慢なんてしなくていいよ、とても可愛かったし」

甘い言葉と一緒に降りてきたキスに、旭は再び、背筋をくねらせて感じてしまう。

すると双丘の谷間をなぞられ、狭い場所を確かめるように入ってきた指が慣らすように動き始めた。抜き差しを繰り返し、気づけば、指が何本も沈んでいく。

「あ……ああっ、ああぁ、んっ」

せわしない呼吸に乾いた口唇を甘いキスで潤され、もっとも弱い場所を抉られた瞬間、またしても旭は一人で達してしまった。

フランツの膝の上に横抱きにされたまま、二度も達したせいで、下腹や太腿まで淫らな蜜に汚れている。それでも力強い腕が背中を支えながら、胸の肉粒を押しつぶした途端、達したばかりなのに、また性器が熱を帯びてしまう。

やたらと全身が敏感になっていて、どこを触られても気持ちがいいのだ。

身体の奥に沈んでいる指先で、どんなに肉襞を掻き回されても。

「も、もう……欲しい、フ、ランツ、早く……」

「それじゃ、アサヒも塗って」

腕を引かれて、手のひらに直接、ぬるりとした潤滑剤のローションをもらった。

それを旭の股間の下で、そそり立ったものにまんべんなく塗りつけるだけで、どんどん力を増していく。フランツは旭の両脇に手を入れ、軽々と抱え上げると向かい合うように膝の上に乗せてくれた。

「もう入れて……は、早く、フランツでいっぱいにして」

切なげなおねだりに、ヘイゼルの瞳が愛おしげに細められる。

せわしない呼吸を繰り返す胸を、ぴったりと押しつけて、きつく抱きしめられただけで嬉しくなった。ローションで濡れそぼった両脚の間に、巨大な肉塊が擦りつけられても、恐怖なんて感じなかった。

最初の頃、あんなに怖かったのが嘘のようだ。

今では、旭も知っている――どれほど大きくても怯える必要なんてないことを。

フランツが与えてくれるのは、甘い歓喜ばかりだ。

「自分で入れて、アサヒ……苦しくなったら途中でやめていいから」

旭は優しい囁きに頷き、巨大な肉塊をつかんで待ちかねている窄まりに押し当てると、その先端を飲み込ませていく。

ぐにゅりと進んできたものを受け入れながら、自然に声が漏れる。

腕の中の旭を支えながら、フランツも大きく息を呑んだ。

「アサヒ、深呼吸して」

「んっ、ん……あ、あぁ——はぁ、あああっ」

促されるまま、深く息を吸って吐いた。

そのたびに灼けるように熱いものが旭を押し開く。

だが、旭が受け入れるのを苦労しているように、フランツだって狭くて苦しいのだ。少しでも繋がりを楽にしようと必死になって深呼吸を繰り返し、身体の力を抜くたびに深度が増し、互いの身体には玉のような汗が滴っていく。

時間をかけて準備した場所は、ローションの助けを借りつつ、ゆっくりと巨大なものを受け入れ、深々と根元まで飲み込むと目がくらむような充足感を味わった。

苦痛がないわけではない。けれど、それすら甘い。

「やば……い、オレ」

「アサヒ……?」

「……ど、どーしよ、オレ、も、我慢、できないかも」

正直な気持ちを呟くと、触れるだけの優しいキスをもらった。

もっと欲しくて頰を押しつけると、大きな手が旭の顎先をすくい上げた。

今度は上口唇を甘嚙みされ、舌先を吸い上げられ、あふれた唾液がこぼれると、それも舐め上げられる。ひとつに繋がったまま、そんな淫らなキスを交わすと、ぎゅうぎゅうと窄まりが勝手に収縮し、上も下もいっぱいになってしまう。

もう歓喜を逃がすことができず、旭は背筋をくねらせてフランツを締めつけた。

「あ、あああっ……あああっ！」

「気持ちがいいんだね、アサヒ？」

ガクガクと頷きながら、旭は正直に歓びを訴えた。

汗ばんだ下腹に手のひらを当てると、その下にまさに今、フランツがいると思うだけで嬉しくなった。切なげに身悶えて腰を揺らせば、もっとも弱い場所を突き上げられ、旭は甲高い声を放った。

フランツが腰を使い始めると、ひたすら勢いを増す巨大な肉塊を味わう。

次第に抜き差しが速くなり、互いの下腹の間で擦られ、旭まで弾け飛びそうになる。

今度こそ一緒に達したいと願って、旭は息も絶え絶えになりながら訴えた。

「す、き……フ、ランツ、大好き」

「……アサヒ」

互いに見つめ合い、口唇を重ねた瞬間、またしても旭は達していた。

ドクドクと脈打つ欲望を感じて、フランツも追いかけるように絶頂を迎える。

繋がった場所と同じように、ぴったりと隙間（すきま）なく抱き合って興奮の余韻を味わう幸せに酔いしれながら、こんなに気持ちいいセックスはフランツとしかできないと、あらためて旭は思い知ったのだった。


二人が甘い余韻から覚めた頃には、すでに深夜になり、日付も変わっていた。

もう翌日だ、とめざとく主張したフランツは旭を押し切って、ついに念願のシャワーを浴びたが、さすがに病み上がりにセックスは酷だったらしく、バスルームから出た途端、ソファに伸びていた。

一緒にシャワーを浴びた旭も、一人で何度も達していたので、へろへろの腰砕けだ。

今から寝乱れたベッドに新しいシーツをかけて、ベッドメイクをやり直すような元気は残っておらず、旭は自分の部屋代わりのロフトで寝ようと提案した。

「フランツ、頭をぶつけないでね」

「ああ、だいじょうぶ」

枕を抱えてロフトに上がったパジャマ姿のフランツは、低い天井に気をつけながら床に直置きしたマットレスに寝転んだ。

シングルなので狭いが、ぴったり抱き合ったら二人で眠れないこともない。

旭は頭からタオルを被ったまま、カラーボックスに置いた位牌に手を合わせた。

「じっちゃん、パパ、ママ、おやすみなさい。今日はねー、フランツといっぱいいっぱいエッチができましたー」

「そんなことを報告しないでくれ、アサヒ」

恥ずかしそうに呟き、持参した自分の枕に突っ伏してしまったフランツを笑いながら、その隣にもぐり込もうとした旭は、ふと気がついた。

「……あ、フランツ！　まだ髪が濡れてるじゃん。また熱が出ちゃうよ」

枕元に座り直し、膝の上にフランツの頭を抱え上げると、放り出されていたタオルで、湿った金髪を拭いていく。

すると、タオルの下から声がした。

「ねえ、アサヒ……近いうちに、一緒にロレックスの修理を頼みに行かないか」

「一緒に？」

「ああ、一緒に」

膝から見上げてくる優しいヘイゼルの瞳に、旭は笑顔で頷いた。

この恋人に祖父の形見を預けると決めてよかった、とあらためて思う。

祖父の三回忌は過ぎてしまったが、ロレックスの修理が終わったら久しぶりに墓参りに行きたくなった。一緒に行こうと誘ったら、フランツはどんな顔をするだろう？

そう考えながら、ふと思いついて旭は訊ねた。

「ねえ、フランツのおばあちゃんは、いつ頃、亡くなったの？」

「……七年前だよ」

「七年前？　ずいぶん前だね。それなのに日本に来たのは、この前が初めて？」

そんな疑問に、フランツは苦笑を浮かべながら目を閉じてしまった。

話し疲れたのかと思って、旭も手を動かしながら黙り込む。

それにしても、ちょっと意外だ。仁志起さんも日本に来たがっていたと話していたし、祖母を大切に思っているフランツだからこそ、遺言を託されてから七年も経っているとは思わなかったのだ。

だが、手早く金髪を乾かした旭が枕元にあるライトを消して、ロフトが薄暗くなると、フランツが呟くように言った。

「ずっと日本に来たかったけれど……僕は怖かったんだ。祖母から直に日本の家族の話も聞いていた。結婚を反対されて、祖父が訪ねても追い返された話とか、頑なに帰らないと祖母が言い張っていたこともあって、僕が行っても歓迎されないだろうと」

「でも、孫じゃん？」

「似ても似つかない外見だけどね」

僕は日本の血は薄くて祖父の若い頃によく似ているそうだ、と乾かしてもらった金髪を掻き上げながら、フランツは苦笑を浮かべる。

「だから、祖母から託されたものを渡すだけだと思っても……どうしても不安で、ずっと日本を訪れる勇気が持てなかったんだ」

そんな告白を聞いて、旭はフランツの隣にもぐり込み、乾いた金髪に顔を埋めるように寄り添った。

すると抱き寄せてくれたフランツが、ほんの少し明るい声で言った。

「でも、本当に来てよかったよ。最初は突然、日本語ができるなら代理で行ってこいって言われて迷ったんだ。滞在日数も短いし、急なことで場所の確認もできなくて」

「オレ、少しは役に立てた？」

「少しじゃないよ。アサヒがいてくれて本当によかった」

フランツは微笑みながら、旭を抱きしめる。

「僕は、あの住所は祖母の生家だと思っていたから、お寺だったことに驚いたし、すでに祖母の血縁が一人もいなくなっていて、荒れた墓所も悲しかったし、一人で行っていたらとてもつらかったと思う」

そう静かな声で呟いてから、フランツは唐突に口調を変えた。

「ところで、アサヒは日本のことを英語で、遠い東の果て——The Far East というのは知ってるかい？」

「うん。それくらい知ってるよ、いくら英語が苦手でも」

旭は口唇を尖らせながら答えるが、フランツはいたずらっぽい笑みを浮かべた。

「遠い東の果て……もっとも早く夜が明ける、どこよりも先に朝日が昇る国にやってきた最初の晩——僕の部屋にいた、きみの名前は？」

「オ、オレ……？」

「アサヒという名前を教えられて、僕は不思議な感動を覚えたよ。しかも一緒にいると、とても一生懸命で信頼できる子だとわかって、好きになって……アサヒに何かあった時、真っ先に手を貸したくて、そのために僕は日本に来たんだ」

そう告げられ、優しいぬくもりに抱きしめられる。

「勇気を出して日本に来て、アサヒと出会えて、本当によかった」

「オレも……オレも、フランツに会えてよかった」

甘えるようにしがみついてくる旭を、しっかりと腕の中に抱きしめたフランツは耳元で優しい声で囁く。

「——Ich liebe dich」

その瞬間。

互いの身体を突き放し、旭は真っ青になって叫んだ。

「……ま、また具合が悪くなっちゃったのかよ、フランツ？　やっぱり、まだシャワーは早かったんだよ！　待ってて、今すぐ体温計を持ってくるから！」

あわててロフトを下りようとする旭を引き留めて、フランツは困惑顔で訊ねる。

「アサヒ？　いったい、どうしたんだ？」

「だ、だって、フランツ、また譫言を言ったじゃん、ドイツ語で！」

「……譫言？」

「そうだよ、熱が高かった時、いきなりドイツ語で話し始めて、マジでビビったんだよ。オレのこと、じーっと見つめたまま、いきなり意味不明なことを言い出すから、そんなに熱が高いんだって！」

そう言いながら、旭はぶつけるほどの勢いで互いの額を押し当てる。

「ダメだ。これじゃよくわかんないから、やっぱり体温計を……」

「ああ、ごめん、アサヒ。驚かせて悪かった。今のは譫言じゃない。無意識といっても、そんなことを自分が言っていたとは知らなかった」

「……譫言じゃなかったの？」

「今のはね」

「オレ、頭が痛いとか気持ちが悪いとか、そういう意味だと思ってたんだけど?」

「いいや、違うよ」

フランツが苦笑するので、旭は顔をしかめる。

「じゃ、どういう意味? その……いっち、りーべ、なんとかって」

「違うよ、アサヒ──Ich liebe dich、だよ」

発音悪く繰り返す旭の手を引き寄せると、フランツは自分の口唇に触れさせて、動きを教えるように繰り返した。

「……イッヒ、リーベ、ディッヒ?」

「近いかな──Ich、はドイツ語でわたし、dich、はあなた」

「フランツは、オレを……ナニ?」

旭は素直に問い返した。

けれど、真面目に訊いたのに、チュッと口唇に触れるだけのキスをすると、フランツはまたしても枕に突っ伏してしまった。

「……やめよう。僕が恥ずかしくなってきた」

「ナニナニナニ? ずるいよ、教えてよ! 中途半端で気になるよ!」

「それじゃ、英語で」

「やだよ、オレ、英語だってわかんないもん!」

うつ伏せになったフランツの身体に乗り上がった旭は、枕に隠した顔を覗き込む。

すると寝返りを打って仰向けになり、旭を腕の中に抱き直したフランツが、互いの額を押し当てて吐息を感じる距離で囁く。

「だいじょうぶ、アサヒでも知ってるよ」

「ホントに?」

上目遣いで問い返す拗ねた顔に、ヘイゼルの瞳が照れながら頷いた。

そして、甘いキスとともに口唇に注ぎ込まれたのは——。

「……I love you」

THE HAPPY END

ゴールデン・ウィークの残りの日々が、二人にとって甘いハチミツのような金色に輝く休日になったことは言うまでもない。

あとがき

どども、小塚佳哉です。

このお話はエリート・ビジネスマン×天涯孤独の勤労少年？

いわゆる年の差&格差、異文化コミュニケーション・ロマンスでしょうか？

ちなみに、わたしが二冊目に出した本を全面改稿しました。

実は前半の「3nights/4days」は、ほぼ初めて書いたオリジナル小説。

わたしがBL小説を書き始めたばかりの頃……十八年も前に書いたこともあり、今回の文庫化にあたって細かな修正だけに止まらず、大幅に書き直しを行いましたが、もっとも大きな変更は後半に出てくるフランツの友人を、「ハーバードで恋をしよう」の主人公、佐藤仁志起にしたことでしょうか。

というか、実は仁志起よりも先に、フランツというキャラクターがいたんですね。

わたしの書くお話の中には、フランツの他にもハーバード・ビジネススクール卒というキャラクターが多く、ふと思いついて彼らの母校を調べるうちに、この学校ってすごい、めっちゃ萌える、とばかりに巨大な萌えが降ってきまして！　その勢いで「ハーバードで恋をしよう」の構想を得たこともあり、主人公の同期生にはセレブを、だったらドイツのボンボン……もとい、ドイツの御曹司フランツがちょうどいいから連れてきちゃおう、と思いついたのは必然だったというか（笑）

十代の旭よりも小柄で童顔な仁志起が主人公となった「ハーバードで恋をしよう」は、このフランツの他にも、わたしの他作品のキャラクターたちがあちこちに出てくるので、もしよかったら見つけて楽しんでもらえたら嬉しいです。

そんなわけで最後に、この本に関わってくださった、すべての方にお礼を。
イラストの沖麻実也先生、いつも本当にありがとうございます。
代打の担当さま・その2にも感謝を！
それから、読んでくださった方々にも心からの感謝を。
浮き世の憂さを忘れて、ほんのひとときでも楽しんでいただければ幸いです。

小塚佳哉

本書は『3nights/4days』（２００２年　ラキアノベルズ　ハイランド）を
全面改稿しました。

『3泊4日の恋人』、いかがでしたか？

小塚佳哉先生、イラストの沖麻実也先生への、みなさまのお便りをお待ちしております。

小塚佳哉先生のファンレターのあて先

〒112-8001　東京都文京区音羽2-12-21　講談社　文芸第三出版部「小塚佳哉先生」係

沖麻実也先生のファンレターのあて先

〒112-8001　東京都文京区音羽2-12-21　講談社　文芸第三出版部「沖麻実也先生」係

N.D.C.913　191p　15cm

小塚佳哉（こづか・かや）
東京下町在住。
乙女座A型。
金髪の美形が大好物です。
Twitter: @caya_cozuca

講談社X文庫

3泊4日の恋人

小塚佳哉

●

2020年2月3日　第1刷発行

定価はカバーに表示してあります。

発行者――渡瀬昌彦
発行所――株式会社　講談社
東京都文京区音羽2-12-21 〒112-8001
電話　編集　03-5395-3507
販売　03-5395-5817
業務　03-5395-3615
本文印刷―豊国印刷株式会社
製本――株式会社国宝社
カバー印刷―半七写真印刷工業株式会社
本文データ制作―講談社デジタル製作
デザイン―山口　馨

ISBN978-4-06-518007-5